KB180848

설역에서 온 편지

설역에서 온 편지

1판 1쇄 인쇄_2015년 05월 10일
1판 1쇄 발행_2015년 05월 15일

지은이_이승실
펴낸이_홍정표

펴낸곳_글로벌콘텐츠
등록_제 25100-2008-24호

공급처_(주)글로벌콘텐츠출판그룹
이사_양정섭 디자인_김미미 편집_김현열 송은주 신은경 기획·마케팅_노경민 경영지원_안선영
주소_서울특별시 강동구 천중로 196 정일빌딩 401호 전화_02-488-3280 팩스_02-488-3281
홈페이지_www.gcbook.co.kr

값 13,800원
ISBN 979-11-85650-88-3 03810

이승실 중편소설집

雪 域

설역에서 온 편지

글로벌콘텐츠

목차

설역에서 온 편지

설역에서 온 편지

〈그 사람이 보고 싶다.〉

아무도 오지 않는 추석날 아침 혼자 일찍 잠에서 깨어나 TV를 켜니 때마침 나오는 특집 프로그램이다.

동네에서 유일한 친구였던 연이 엄마는 결국 떠났다. 난 '결국'과 '마침내'라는 단어 속에서 한 일주일 동안 서성였다. 물론 내 고민이나 결정과는 상관없이 언젠가 떠날 연이 엄마였지만, 난 하루 종일 씩씩거리며 쉬지도 않고 땀이 날 정도로 고추단을 뽑아 널고 배추를 솎아서 씻고 절였다. 그리고 사이사이 마른 깻단도 연신 태웠다. 게다가 연이 엄마가 결국 동네를 떠날 것이라는 불안감 때문에 낮부터 찔끔찔끔 마셔댄 술도 이제는 정말 혼자 남게 되었다는 허허로움을 달래는 데 별 도움이 되지 못해서 해가 떨어져 어둠의 베일이 쳐들어올 때까지 마당을 서성였다.

가을 기온은 점차 하루가 다르게 떨어지고 있었다. 강물도 가장자리가 얼었다 녹았다 하며 살얼음이 잡히기 시작하자 벌써부터 뱃사공이 강을 건너주기 귀찮아하는 눈치가 역력히 보였다.

이 강물이 얼기 전에 혁수도 제 애비 발자국을 좇아 떠날 모양이다. 겨울이면 지천으로 하얗게 덮인 눈밖에 보이지 않는 이곳에 나만 남겨두고 연이 엄마와 혁수가 모두 떠난다는 사실이 두렵다. 솔직히 말해 자신이 없다. 혼자 산다는 일이!

떠날 것을 결심했다.

그래서 졸업을 한 학기를 남겨두고 내가 한 일은 휴학계를 내는 일이었다. 대학이 주는 낭만과 상아탑의 고고함을 즐기기보다는 내가 안고 있는 현실을 해결하기 위해 그렇게 할 수밖에 없었다. 친구들과 주위 사람 모두는 내 휴학을 적극 만류했다. 그들은 그 원인과 책임을 찌든 가난과 술과 담배 그리고 권태에 절어 버린 나의 엄마 때문이라고 돌리면서 안타까워 하고 그 비난의 화살을 가녀린 나의 엄마에게로 돌렸다.

하지만 결코 그런 이유에서만은 아니다. 손가락 하나 무게만으로도 부서져 버릴 것 같은 엄마를 이 험난한 세월 속에 전투병사처럼 남겨둔 채 훌쩍 사라져 버린 아버지란 사람의 존재가 엄마에게 어떤 의미를 차지하는지가 알고 싶었다.

굳이 아버지의 생존 자체를 확인하자는 것도 아니다. 물론 아버지가 이 세상 사람이 아닐 것이라는 사실을 확인할 수 있더라도, 더욱 내게는 얼굴조차 기억에 남아 있지 않아 분노의 대상마저 막연한 아버지이기에, 이제 와서 흥분할 일이 무엇이겠는가만은. 단지 아버지와 남편으로서의 의무와 책임을 팽개쳐 두고 먼 나라로 떠돌 수밖에 없는 그의 도피적인 삶의 정체성을 파헤쳐 보고 싶을 뿐이다.

그래서 엄마의 손때에 절어 귀퉁이가 닳을 대로 닳아버린 아버지의 체취가 남아 있는 편지 속의 지명을 추적해서 아버지의 흔적을 찾아서 엄마의 무의미한 기다림을 확실하게 끝내고 싶을 뿐이다. 나에게는 형체도, 존재감도 없는 아버지보다는, 서서히 무너져 가고 있는 엄마가 안쓰러웠음으로 엄마의 현재 상황을 여기서 어떤 방향으로든 내 힘으로 마침표를 찍고 싶었다.

열차는 밤과 낮을 안 가리고 중국 대륙을 동서로 횡단하며 달렸소. 비록 신화 속으로 들어갈 기차에 어울리는, 칙칙폭폭 소리가 나지 않고, 목쉰 경적도 울리지 않는, 신식 기차이지만, 그 긴 몸을 이끌고 서역으로, 천축으로 달렸소. 그리고는 마치 타임마신을 탄 것처럼 신화나 전설이 숨쉬는 서역의 어느 한 지점으로 나를 데려다 놓았소.
(…중략…)

문득 차 내의 술렁거림 때문에 서역삼매경에서 깨어보니 기차는 이미 서역의 관문인 하서주랑(河西走廊)을 통과하고 있었소. 이곳은 중원 땅에서 볼 때 본격적인 오아시스 실크로드의 입구에 해당되는 곳으로서, 남으로는 만년설을 이고 있는 기련산맥을, 북으로는 몽골의 고비사막을 끼고 길게 뻗어 있는 복도 같다고 해서 지어진 이름이라 하오.

지금으로부터 약 2300년 전 한무제(漢武帝) 때 서역의 최초의 개척자로 알려진 장건(張騫)이 하서사군(河西四郡)를 설치한 후부터 실크로드 길목의 요충지가 되었다는 곳인데, 그런 이유로 인해 중앙아시아의 패권을 노리는 민족이 굴기할 때마다, 수많은 병사들의 붉은 선혈이 사막의 모래 위로 뿌려지곤 하였던, 그런 파란만장한 역사를 가진 땅이었소.

나는 원래 돈황이란 곳까지 표를 끊었지만, 그 복도 같이 생겼다는 주랑의 중간 쯤에 만리장성의 끝이라는 오래된 성루가 있다는 자료를 본 것이 생각나 즉흥적으로 가욕관(嘉峪關)이란 조그만 역에서 부랴부랴 내렸소. 당신도 잘 알다시피 내가 가끔 그런 돌출적인 행동을 잘 하는 체질이지 않소.

그리고는 인적이 드물고 모래 바람만 휭하게 불어대는 역전 거리를 어슬렁거리면서 이리저리 다니다가 일단 허름한 초대소에 들어가 손짓발짓으로 가격 흥정을 하여 겨우 허름한 방을 하나 잡고서 배낭을 내려 놓았소. 짐이랄게 뭐 있겠소만, 옷 몇 벌, 책 몇 권하고 당신이 싸준 마른 멸치와 미숫가루와 약간의 과자, 초콜릿, 빵조각 등의 먹거리가 전부였지만….

하여간 홀가분한 차림으로 저녁나절에 성곽 구경에 나섰소. 성루와 성곽은 그런대로 웅장하였지만, 그 옛날 것이 아니고 명나라 때 새로 신축한 것이어서 생각했던 것만큼 고색창연한 세월의 냄새는 맡을 수는 없었지만, 노을 속에서 고비사막에서 불어오는 모래바람을 맞으며 성루에 망연히 서 있으려니, 문득 그 옛날 서역을 주름 잡던 고구려 유민장수인 고선지 장군의 말발굽소리가 들리는 듯 하였소. 그러다 빠르게 기어오는 땅거미에 쫓겨 숙소로 돌아와 간단히 요기를 하고 일찍 잠을 청해 보았지만, 꿈에도 그리던 실크로드의 문턱에 도착한 첫날이어서 그런지 흥분이 좀처럼 가라앉지 않아 잠이 쉬이 들 것 같지는 않소.

다음에 또 소식을 전하리다.

그렇게 그 사람은 잊어 버릴만 하면 안부인지, 아니면 죽지 않고 살아 있다는 암시인지 가끔씩 그림엽서나 편지를 보내왔다. 그러나 난 그런 감질 나는 편지질이 더 미칠 것 같다.

차라리 처음 그 사람을 만났던 그 시절이 그립다. 아마도 평리동 교회였던 것 같다. 그 넓은, 지금 생각해보면 그리 넓은 것도, 아니었지만, 그 교회 찬 마룻바닥에 주저앉아서 나는 스스로의 연민에 빠져 울고 있었다. 그때 그가 들어와서 노래를 불렀다.

그 순간의 그의 얼굴도 희미해져 가고 그와의 추억들도 기억이 잘 나지 않지만, 평리동 찬 마룻바닥에서 나의 어깨를 감싸주며 불러주던 그의 건강한 목소리는 아직도 선명한 흑백사진처럼 기억이 또렷하다.

평리동 교회!

왜 그동안 잊고 있었을까? 그가 야학과 노동운동을 했다는 것, 평리동이라는 것, 천막교회라는 것, 또 그곳이 공단지대였다는 것, 그리고 우리들이 만들었던 '만남'이라는 노동가요 표지까지도 기억이 나는데, 그 외 다른 것은 전혀 기억이 나질 않는다. 왜 기억이 나질 않는 것일까? 그의 친구들도, 목사님도, 우리 아니 그와 같이 어울려 노래 부르며 배우며 함께 했던 사람들은 나의 머릿속에서 모두 하얀 재만 남긴 채 떠나 버린 것일까?

그를 찾고 싶고 그와 함께 했던 사람들도 만나고 싶다.

연이 엄마가 떠나던 날 아침, 그녀는 이불 보따리를 세차게 옭매면서 하얀 거품이 입가장자리에 일도록 많은 말들을 내뱉었다.

"혁수엄마는 모르지. 내가 연이 아버지에게 해주고 싶었던 게 무엇인지? 우스운 일이겠지만, 그것은 반바지였어. 그는 맨날 꼬챙이 마냥 가는 다리 때문에 한여름에도 늘 긴바지를 입고 땀을 흘렸어. 난 반바지 하나 사다 놓고서 그걸 한 번 입혀 보지 못해 안달을 했지만 끝내 그 사람에게 입혀보질 못했어.

어쩜 그럴 수가 있냐구? 세상에 내가 이 우스운, 누구나 꼴같이 않게 생각하는 일을 소원이라고 생각할 줄이야…. 그런데 더 우스운 게 뭔 줄 알아? 요즘 세상에는 결핵에다 목숨을 거는 사람이 없다는 거야. 정말 우습지? 우스워…."

연이 엄마의 목소리는 차라리 절규였다. 연이 엄마가 우습다고 생각하는 것 자체가… 그래 요즘 세상에 폐결핵으로 죽는 사람은 거의 없다. 가수 김정호가 아닌 다음에야,

이 시골에서 무지랭이처럼 농사나 짓는 사람이 결핵으로 하얗게 대꼬챙이처럼 말라죽을 수는 없다.

하지만 연이 아버지는 그 큰 두 눈과 우뚝한 코와 앙상한 뼈만 남긴 채 결국 결핵으로 죽어 갔다. 그는 죽으려고, 아니 죽고 싶어 환장한 사람처럼 보였다. 술에다 밥을 말아서 먹지를 않나… 가족들이 마지막 궁여지책으로 보낸 국립결핵요양소에서도 담장을 타넘어 술을 사서 마시다가 직원들에게 들켜서 일주일 만에 다시 집으로 쫓겨오기도 했으니까. 오죽하면 그가 술을 못 먹게 하려고 집안에 술이란 술을 모두 감추니까 그는 가족 몰래 술을 구해다가 눈 속에 술병을 파묻어 놓고서 변소를 간다는 핑계를 대고 밤새도록 들락거리면서 홀짝홀짝 마셔대기까지 했다.

그래도 연이 엄마는, 그 지긋지긋할 만도 한 술을, 그래도 신랑이 생전에 좋아했던 거라며 관 주위에 한 되들이 플라스틱 소주병을 박스 채 빙 둘러가면서 묻어주었다. 저승 갈 때 입이라도 심심하지 말라면서….

마지막으로 내가 바나나를—그때는 이미 연희 아버지는 밥 한 톨도 넘기기 어려워 바나나만 조금씩 으깨어 먹을 때였다—한 덩이 사 들고 격리병동실 문을 열고 들어갔을 때 그는 그의 종말을 예감한 듯 처연한 표정을 지으면서 후회조의 넋두리를 늘어놓았다.

"내가 정말 결핵으로 이렇게 죽게 될 줄은 몰랐어요. 연이 엄마에게 노랑저고리 다홍치마 입혀서 연이랑 사진 한 판 찍어보고 싶었는데….

혁수엄마는 유일한 동무니까, 그 사람을 좀 부탁해요."

난, 죽어가면서 그런 부탁을 하는 연이 아버지에게서 억누를 수 없는 연민, 아니 화가 났다. 이건 분명히 무책임한 짓이라며, 차라리 빨리 죽어서 연이 엄마에게 새로운 인생을 열어주라고 퍼붓고 싶었다.

난 엄마가 술을 언제 마시는지 모른다. 아무도 모르게 살금살금—이렇게밖에 표현할 수가 없을 정도로—엄마는 야금야금 술을 마시는 것 같았다. 내가 지키고 앉아 있어보지만 엄마는 아무도 모르게 술을 마셔댔다. 어느 한 순간 얼굴을 쳐다보면 이미 술에 취해 있었다. 아무리 지키고 못 마시게 막으려고 애를 써봐도 마치 나하고 숨바꼭질이라도 하듯 어느새 마셨는지도 모르게 이미 취한 상태가 되어 있었다. 그렇다고 별다르게 술주정을 요란하게 하거나 나를 피곤하게 하는 것은 아니지만, 아무튼 엄마는 늘 취해 있었고, 난 그런 엄마가 싫었다.

엄마가 취한다는 사실 앞에서 난 까무러칠 정도의 절망감을 느꼈다. 엄마는 아는지 모르겠다. 아니면 정말 알고서도 모른 채 하는 것인가?

나의 이 절망감을 아니, 엄마가 나의 유일한 희망이란 걸…, 곧 쓰러질 듯한 몸을 잔뜩 오그리고서 내 앞에 앉아 있는 엄마는 흡사 나를 아버지로 착각하여 스펀지에 물이 스며들 듯 삶의 무거운 짐만 남겨 놓고 나도 아버지처럼 흔적 없이 사라질까 봐 두려워하며 전전긍긍하는 것 같았다.

나는 엄마와의 추억을 가끔씩 돌이켜 보는 버릇이 있다. 물론 내 인생에 있어서 엄마와의 추억을 빼면 배경 없이 찍은 사진관 가족사진 같겠지만….

가끔씩 엄마는 잠자리에서 내 손을 꼭 잡았다.

"이제는 혁수가 너무 커서 엄마 손이 네 손에 들어가고도 남는구나!"

잠결에 듣는 엄마의 이런 탄식 어린 소리!

엄마 손은 원래가 작아서 초등학교부터 이미 내 손에

들어왔음에도 불구하고 엄마는 매일 밤, 내 손을 잡을 때마다 그 소리를 마치 버릇처럼 한다.

엄마는 초등학교 때부터 내 신발을 신었고, 내 떨어진 바지를 입었다. 내 남방과 나의 셔츠를 입고 운동장을 가로질러 뜀박질을 하고, 내가 먹다 남긴 밥도 먹곤 했다.

한 번은 이런 일도 있었다. 내가 초등학교에 입학하면서부터 실과시간에 〈야영〉이라는 과제가 있었다. 우리 학교는 학생수가 3명인 초미니 분교이다 보니 소풍을 멀리 갈 수 없었다. 궁리 끝에 분교장이자 담임선생님께서 하룻밤 학교 앞 강가에다가 텐트를 치고 야영이라는 걸 하자고 하셨다.

난 한 번도 집을 떠나 여행이나 야영을 해본 적이 없어서 너무나 신이 나 있었다. 하지만 엄마는 의외로 불안해하는 눈빛이 역력했다. 우리 집은 그야말로 학교에서 백 미터도 떨어지지 않은 거리였음에도 불구하고 엄마는, 아니나 다를까, 도저히 혼자서 잘 수 없다고, 고작 초등학교 4학년 짜리인 어린 나에게 떼를 쓰다시피 우기기 시작했다.

그럴 때마다 난 절망에 휩싸여 엄마를 확 밀쳐버리고 싶은 충동에 휩싸이곤 했었다. 난 도저히 엄마를 달랠 방법이 없어서, 그러면 밤 10시에 교문에서 세 번째 노간주나무 아래에서 만나자고 일단 약속을 했다.

그날 밤, 결국 엄마는 그 세 번째 노간주나무 아래에서 하얗게 밤을 지새우고 돌아갔다. 먼 발치에서 애꿎은 모닥불만 쑤셔대면서 엄마의 동동거리며 서 있는 모습을 바라보는 나의 뼈 아픈 슬픔을 엄마는 알까!

한 번 들어가면 나올 수 없다는 뜻을 가진 타클라마칸 사막을 남으로 우회하여, 마침내 돈황 시내에서 동남쪽으로 25km 떨어진 천불동(千佛洞)에 도착했소.

저녁이라 사람들이 모두 떠나버린 모래사막의 풍경은 온통 허허로움만 가득할 뿐이오. 수천 수백여 년 동안 목탁소리와 염불소리 그리고 들쪼는 징소리만 가득했을 석굴들이지만, 지금 내 귀에 들려오는 것은 오직 귀신이 울부짖는 것 같은 바람소리뿐이오.

돈황 천불동!

본격적으로 '비단 길'이라는 낭만적인 이름을 가진 실크로드가 시작하는 곳이자, 이른바 '서역(西域)'이란 곳의 경계점도 되는 곳이오. '실크로드'는 이곳에서 두 갈래가 갈려 북도는 옥문관(玉門關)을 나가 고비사막의 남쪽을 건너 천산산맥 남쪽 기슭에, 5일 간의 거리간격으로 늘어서 있는 오아시스 마을들을 경유하며 사막을 건너 행장을 다시 수습하여 함난하고 높은 파미르고원을 넘어 천축으로 나간다고 하오. 한편 남도는 양관(陽關)을 나가 곤륜산맥 북쪽 기슭의 오아시스 마을을 거쳐 역시 파미르고원을 넘어간다 하오.

또한 돈황은 신라의 혜초 스님이 쓴 여행기인 『왕오천축국전』 필사본이 발견된 곳이어서 불교사적으로도 유명한 곳이라 하오. 불교가 실크로드를 따라 중원으로 오는 길목에서 화려한 꽃을 피웠던 곳으로, 비유하자면 사막에 핀 '우담바라 꽃'이라고 표현할 수 있을까?

도대체 구도라는 열정을 갖고 이 관문을 드나들었던 순례자가 도대체 얼마나 되었으며, 또 무엇이 그들로 하여금 이 막막한 사막으로 발걸음을 내딛게 하였을까?

참, 그리고 바로 당신도 좋아하는 그 소설인, 이노우에 야

스시의 환타지 소설인 『돈황(敦煌)』의 무대도 바로 이곳이요. 그리고 『누란(樓蘭)』의 무대도 여기서는 멀지 않다 하오. 그러나 그곳은 이미 천여 년 동안 폐허로 남아 있는지라 가볼 수도 없다는구려. 꼭 가보고 싶지만, 어찌할 방법이 없어 아쉽지만….

오늘은 이만 줄이겠소. 오늘따라 지평선에 지는 석양이 너무 황홀하구려.

내가 요즘 보고 느끼는 이 엄청난 풍경들과 벅찬 감정들을 당신도 맛보게 하고 싶으나, 아무래도 당신이 충분히 느낄 수 없을 것 같은 안타까움이 나로 하여금 자꾸 이렇게 설명조의 편지를 쓰게 만드는 구려. (…중략…)

내가 탄 버스는 청해성의 고원도시 걸무를 떠나 라싸로 향하고 있는 중이라오. 2박 3일 동안 달려가야 한다는데, 이제 첫 관문이 곤륜산 고개를 넘어 다음 고개인 당구라 고개로 향하고 있다오.

내 앞에는 지금 내가 그토록 그리워하던 광활한 티베트 대륙이 누워 있다오. 이 고원을 중국 측에서는 '청장

고원(青藏高原)'이라 부르는데, 북으로는 곤륜산맥에서부터 남으로 히말라야까지 걸쳐 있는 지구상 가장 드넓은 대륙이라 하오. 그래서 '지구의 제3극'이라는 별명도 붙어졌다지 아마….

버스 승객들은 모두 고산병 초기 증세에 지쳐 곯아떨어진 차 내에서, 들리는 것은 기계적인 엔진소리와 카세트에서 흘러나오는 노래인데, 며칠 째 반복해서 들리길래 젊은 친구들에게 물어보니 요즘 이 지방에서 유행하는 〈청장고원〉이란 노래로 리나(李那)라는 여가수가 부르는데, 작곡자가 조선족이라는구려. 물론 가사의 뜻도 좋지만, 후반부의 고음 부분이 너무 맑고 높아서 마치 전기쇼크를 받은 것 같은 전율을 느끼게 됩디다. 대충 번역해보니 다음과 같은 뜻이었소. 테이프를 하나 사서 당신에게도 보내주리다. 틈나는 대로 들어보구려.

"그 누가 태고의 숨결을 품었는가,
그 누가 천년의 기원을 남겼는가?
아직도 남아 있는 찬미의 뜻을 지키기가 어렵고
아직도 변하지 않는 지고의 뜻을 헤아리기 어렵다.

아~아 나는 보았네. 덩이 덩이의 산들과 강물을

아~아 나는 보았네. 산과 강이 어울려 연이어 있음도 보았네.

아~라~싸 그곳은 바로 청장고원이라네."

마침내 나는 티베트고원의 문턱인 당구라 고개에 올라와 있소. 해발 5,231m의 고개인데, 말이 고갯마루이지 오히려 광야에 가까운 느낌이 드는 곳이오. 그런데 바람이 너무 세게 부는데다가 고산병 증세까지 겹쳐서 도저히 몸을 가눌 수가 없어서 '당구라'라고 쓰인 표지석에 기대어 겨우 인증샷을 한 장 찍었다오. 큰 도시에 가서 인화를 하게 되면 이것도 노래 테이프와 함께 당신에게도 보내 주리다.

보통 사람들은 대게 해발 3천m를 넘으면 산소가 모자라 고산증세가 생기는데, 대게는 식욕부진과 두통과 불면증을 동반한 증상으로 시작하다가 며칠 지나면 좋아지지만, 만약 제때 적당한 조치를 취하지 않으면 폐수증에 걸려 사망에 이르기까지 하는 무서운 병이라오. 일단 이 병에 걸리면 산소마스크를 끼고 산소공급을 받든지, 아니면 올라온 길을 도로 내려가는 게 상책이지만 난 둘 다 하기 싫어서 버티고 있는 중이오.

왜냐하면 시지프스가 되기 싫기 때문이오. 그래서 휘청거리면 걷는 나를 보고 현지인들이 안쓰러워하며 쳐다보고 있소.

오늘은 이만 줄이겠오. 몸이 아프니 더욱 당신이 끓여주던 된장국이 그립소. 오늘 따라 당신과 아들 혁수의 얼굴이 어른거려 참기 힘들구려.

누가 부른 노래인지 모르지만 난 〈춘천가는 기차〉라는 노래를 좋아한다. 술을 마시면 곧잘 흥얼거리면서 모래사장에 낙서삼아 가사를 쓰곤 했다.

조금은 지쳐 있었나 봐.

쫓기는 듯한 내 생활 아무 계획도 없이 무작정 몸을 부대여 오면 힘들게 올라 탄 기차는 어딘고 하니 춘천행

적어도 난 삶의 계획을 갖고 있었다. 뭐 거창한 보라빛 청사진은 아니더라도, 사랑하는 그 사람이랑 보통사람들

이 사는 것처럼 희희낙락하며 살고 싶었다. 퇴근시간 맞추어 찌개 끓여 놓고, 매일 아침 와이셔츠를 한 줄 구김살 없이 다려 입히고 내 손으로 넥타이를 매주고, 매일 아침 현관 문 앞에 서서 손을 흔들어 주며 일찍 들어오라는 인사말을 밥 먹듯이 하고 싶었다.

어찌 그뿐이랴, 세월이 흐르면 희끗해진 그의 머리를 쓰다듬어 주면서 내 무릎을 베고 잠든 그 사람의 모습을 보고 싶었다. 이게 내 젊은 날의 평범한 꿈이었고 계획이었다.

오늘도 아침부터 TV에서는 〈그 사람이 보고 싶다〉가 몇 시간이나 방송되고 있다. 나도 정말 그 사람이 보고 싶다.

> 지난 일이 생각나 차라리 혼자도 좋겠네.
> 춘천 가는 기차는 나를 데리고 가네.
> 오월에 내 사랑이 숨 쉬는 곳

나도 한때는 오월의 꽃다운 신부였었지…. 우리는 온갖 꽃이 피어대는 오월 첫 주에, 홍천강가의 집 마당에서 그가 입혀준 선녀옷을 입고 결혼식을 올렸었지….

그때는 강에 다리가 없어서 하객들은 청평댐 위의 오댓골 뱃터에서 통통배를 전세 내어 타고 북한강으로, 다시 홍천강을 거슬러올라와 식장인 우리집에 도착했었지….

그렇게 시작된 신혼살림이었다. 홍천강의 겨울은 추웠다. 자리끼 물을 문지방 바깥에 두고 자고 일어나면 아침에는 빙수가 되어 마시지 못할 때도 있었다. 긴 겨울이 갈 즈음이면 화창한 봄날이 주는 단어를 떠올리면서 오월의 냄새를 그리워하곤 했다. 때로는 아궁이 앞에 앉아서 벌겋게 단 장작을 뒤적이면서도 도시가 주는 콘크리트 냄새를 그리워하기도 했다.

그때는 그 사람도 내 곁에서 내 엉덩이를 두들겨주면서 잠깐 나를 무르팍에 앉혀 놓기를 좋아했고, 내 머리냄새를 맡으면서 작은 목소리로 노래를 자주 불러주곤 했다. 마치 어린 애기 다루듯이….

지금은 눈이 내린 끝없는 철길 위에
내 모습만 이 길을 따라가네.
그리운 사람

그러나, 그 사람은 이 깊은 홍천강 언저리에 나를 버려두고 훌쩍 떠나버렸다. 얼음이 얼어 춘삼월 봄에도 녹지 않는 이 강물이 난 정말 싫다.

지금은 박꽃이 지붕을 하얗게 덮어씌운 마당 한가운데에 서서 초라하게 망가져 가는 내 모습을 스스로 지켜보고 있다. 난 그 사람이 벌어다주는 돈으로 살림을 살고 자식을 키우면서 우리들의 미래를 위해 저축도 하고 싶었다.

하지만 지금은 아니다. 그 사람이 떠나고 호구지책으로 시작한 물가의 민박집—우리 집은 그나마 경치가 수려한 물가에 위치해 있었기 때문에 그 사람이 나에게 선견지명으로 물려준 유일한 생계 수단이었다—에서 매운탕과 토종닭을 팔면서 낚시꾼들을 상대하다 보니 나도 모르게 술을 마시는, 술을 즐기는 여자가 되어 버렸다. 알코올 냄새도 맡지 못했던 어리숙한 나에게 그 사람이 남겨준 유일한 훈장이라면 훈장이라고 할 수 있다. 그래도 그 사람이 그리운 게 진정인가? 그는 나에게 그리운 모습으로 밖에 존재하지 못하는가?

차창 가득 뽀얗게 서린 입김을 닦아내면서 흘러가는 한

밤을 예나 지금이나 변함 없고 그곳에 도착하게 되면 술 한 잔 마시고 싶어.

저녁 때 돌아오는 내 취한 모습도 좋겠네.

그리운 모습… 우…

술 마신 내 모습도 싫고 술 취한 내 모습은 더욱 싫다. 단지, 그 사람이 보고 싶을 뿐이다. 절절하게 죽기 전에 단 한 번이라도 그와 마주 앉아, 왜 떠날 수밖에 없었는지, 왜 나에게서 사라질 수밖에 없었는지 그 이유라도 물어보고 싶다.

〈그리운 모습 우…〉 그 사람이 보고 싶다. 차라리 그 사람 대신 이 노래를 작사·작곡한 그 사람이라도 보고 싶다.

연이 엄마의 넋두리는 이어졌다.

"삼일장 날짜를 넘기고 빗발치는 강물 속을 뚫고 오일째 마지막 날에 연이 아버지의 시신이 넘실대는 붉은 강물을 겨우 건너 집 마당에 막 들여 놓았을 때, 내 딸년이 뭐라고 한 줄 알아?

지 아버지 관이 자리를 잡기도 전에 눈물을 씻으며 무

륲걸음으로 걸어와서 하는 말이 '엄마, 나 버리고 어디 가지마!'였으니… 내 참.

더구나 오일 만에 강물을 겨우 건너온 연이 아버지의 시신을, 동네 어른들이란 것들이 단지 병원에서 죽은 것도 '객사'라고 하면서 집안에는 못 들여 놓게 했어. 그래서 할 수 없이 물안개가 자욱이 끼는 강가에다 임시 천막을 치고 연이 아버지를 내려 놓았어. 그때 연이란 년이 내 치마꼬리를 붙들고 그 얘길 하는 것이었어.

가슴이 정말 섬뜩했어. 걔가 몇 살이야? 혁수 엄마도 알겠지만 이제 겨우 8살이야. 그이가 연이 입학식 보고 그 해 여름에 그랬으니까. 난리가 났었지… 연이 입학식 보려고 결핵요양원에서 나왔으니까, 하긴 요양원에서 쫓겨났다고들 하더구만, 그 놈의 웬수 같은 술! 술! 술!

그때 연이 아버지 혼자서 집 짓느라고 몸이 그렇게 됐잖아. 시골 동네에 살면서 집 한 채 없는 사람은 우리뿐이라고, 그 무더운 여름에 15평밖에 되지 않는 코딱지만한 집도 집이라고 한 채 지었으니 어찌 몸이 남아났겠느냐마는… 술 힘으로 지은 거지…."

그랬다. 그 해 여름에는 비가 유난히도 억수같이 내렸

다. 자고 나면 300mm, 또 자고 나면 300mm, 닷새를 쉬지 않고 연일 내렸으니 강물은 점차 불어났고, 동네가 죄다 떠내려가는 줄 알았다.

지금처럼 모터보드가 있었던 것도 아니고 FRP로 만든 가벼운 배도, 쇠로 만든 튼튼한 배도 없었다. 오로지 무거운 목선 하나가 노 두 개에 의지하여 그 시뻘건 강물을 건너가야 했었다.

원래 강물이란 게 비바람이 몰아쳐도 수면은 잠잠해 보이지만 실제로 배를 띄워 가운데로 들어가면 거세게 소용돌이치는 게 강물의 속성인데… 그때 연이 엄마는 두 번 다시는 강을 건너오지 못할 거 같은 불안감에 강물 이편에 주저앉아서 발만 동동 굴렀다. 연이 엄마는, 남편의 임종, 목숨 끊어질 때도 보지 못했는데, 마지막 가는 길조차도 보지 못할까 봐서, 애꿎게 울어대는 앰뷸런스 경적소리를 들으며 불어나는 강물을 원망하면서 빗물에 늘어진 풀숲을 미친 듯이 헤매고 다녔다.

그때 난, 연이 엄마의 동당질하는 발자국 소리를 들으면서 무릎이 젖혀질 정도의 절망감을 느꼈다. 적어도 감성이라는 게 조금이라도 남아 있는 동네 사람들이라면 전부 그러했으리라고 지금도 난 믿고 싶다. 결국 연이 엄마는 동네를 떠나는 마지막 순간까지도 강물을 원망하면서 떠났다.

'1206' 며칠 전 컴퓨터를 포맷하면서 점검하다 일기가 날아간 것을 알았다. 평론을 제외한 전 장르에 걸친 초고 천 장 분량도 사라졌음을 알았다.

사물을 바라보고 분석하는 시각의 자유로움. 온갖 중독증에 걸린 현실의 한 부분을 무대 위에 드러내는 전개의 신선함.

웃긴다. 말장난이다.

당신들이 아는가? 시각의 자유로움을. 중독증에 걸린 현실의 신선함을, 그리고 심사위원들은 그 삶을 진정 알고 있는가? 왜 세상은 숫자로 표현하기를 좋아할까? 엄마는 과연 이 숫자가 표현하는 것이 오늘날 신세대가 살아가는 삶임을 알까? 모를까?

엄마는 대학에서 수학과를 다녔다니까 아마도 알 것이

다. 하지만 아버지는, 숫자로 표기되는 이 세상이 싫어서 떠나버린 게 아닐까?

엄마가 글을 썼으면 좋겠다. 이미 틀려 버린 상황이지만 그 옛날의 잘 나가던 여기자의 엄마 모습으로 돌아가서 부조리한 이 사회를 신랄하게 비판하며 글을 쓰는, 그런 감성적이고 냉철한 여자가 되었으면 좋겠다.

하지만 지금의 엄마는 도대체 그럴 생각조차도 없는 여자로 보인다. 오로지 나에게 세 끼 밥과 빨래를 해주는 것 말고는 그저 술과 담배, 커피 그리고 기다림으로 하루를 소일하고 있다.

엄마에게서 짜증이 난다. 엄마의 그 메말라버린 가슴팍이 싫다. 손만 대어도 부서질 것 같은 기름기 빠진 어깨도 싫다. 엄마가 습관처럼 나를 기다리는 그 모습도 싫다.

엄마는 여름에는 황톳물 흘러가는 강물 가장자리에 주저앉아 우리 배가 떠내려갈까 봐 석양을 등진 채 우두커니 서서 하염없이 나를 기다린다.

"이번 장마가 끝나면 너를 기다리는 일은 없을 거다."

말은 그러면서도 장마가 끝나고 겨울이 오면 또 다시 나를 기다리고 있다.

"강 가장자리가 위험하더라. 하지만 얼음이 녹으면 이제 다시는 나오지 않을 거다."

매번 나오지 않을 거라고 메마른 입술을 악다물면서도 엄마는 소주병을 모래사장 위에 놓고서 또 동그라니 불빛을 비추고 있다.

"나도 이제 다 자랐어요."

"그렇구나."

긍정도 부정도 아닌 대답으로 대신하고 엄마는 언제나 해질 무렵이면 강에 나와서 강 건너편으로 지나가는 마지막 버스를 기다리고 있다. 막차가 지나갈 동안 모래를 실은 수많은 덤프트럭들이 포장이 잘 된 강 건너편 길을 오고 가지만, 엄마는 정확하게 덤프트럭의 숫자를 헤아리면서 내가 탄 막차 오기를 기다리고 있다. 강물이 넘치거나, 얼음이 갈라지면 결코 엄마 힘으로 나를 어떻게 해줄 수도 없는 일임에도 불구하고 엄마는 막차 시간에 맞추어서 사시장철 뱃터에 나와 나를 기다렸다.

내가 머리가 굵어지면서 난 그 사실 자체가 지겨워지기 시작했다. 엄마가 뜨는 물수제비가 제대로 날아가 보지도 못하고 유리를 깨뜨리듯이 투박하게 강물에 떨어지는 그 모습에조차도 싫증이 났다.

오랜만에 편지를 쓰는구려. 당신이 걱정할 것 같아 자주 소식을 전하려고 하지만 우체국이 있는 곳이 아주 드물어서 그간 써 놓은 편지도 보내지 못하고 있소. 내일은 큰 도시로 나가는 인편이 있다니 그 편에 묵은 편지까지 함께 보내도록 하겠소. (…중략…)

티베트의 수도 라싸에서 성지순례를 목적으로 급조된 우리 일행은, 라싸를 떠나 열흘간이나 막막한 광야를 헤맨 끝에 마침내 다르첸이란 마을에 도착했소. 카일라스산의 순례자들의 베이스캠프 역할을 하는 이 마을은 영원한 세계로의 '스카이 코드'로서 무한한 우주와 신비스러운 텔레파시를 주고받는 '지구별의 중심 안테나'처럼 그렇게 조용히 잠들어 있었오.

이 산은 비록 해발 고도로는 6,712m밖에 되지 않지만, 지구별의 최고의 성산으로 꼽히며 우주의 중심이며 지구별의 옴파로스, 곧 배꼽이라 불리는 있는 산이라오. 물론 참담한 고생은 했지만, 그런 곳에 나는 도착해 있소. 어쩌면 이곳이 이번 나의 순례의, 아니 내 생의 마지막 방랑점이 될지도 모르겠지만….

그간 당신에게도 솔직하게 말을 못했지만, 사실은 나는 그동안 일종의 무병(巫病)에 걸렸었소. 일반적으로 말하는 '역마살'하고는 차원이 다른 증세였는데, 구름 위에 솟아 있는 이상한 모양을 한 거대한 설산이 시도 때도 없이 내 뇌리 속으로 들어오는 증상이었소. 물론 그것은 일종의 환각이나 환상이었겠지만, 하여간 그것이 내 젊음의 길고 험한 여울목에서 나로 하여금 세상잡사를 등한하게 만들고 나를 이렇게 방랑자로 만들었던 게 아니었나 생각되오.

지금 나는 성산을 한 바퀴 도는 3일 동안의 성지순례, 즉 '바깥 꼬라(Out Kora)'를 떠나기 위해 날이 개일 때까지 며칠 동안 게스트하우스에 머무르며 쉬고는 있지만, 잠이 도통 오지 않아서 며칠 째 잠을 설치고 있소.

물론 만감이 교차하는 심정에다 극도의 흥분상태인 탓도 있겠지만, 그만큼 이산이 내품는 에너지가 모든 중생들의 영혼을 들쑤셔대는 탓도 있을 것이요. (…중략…)

오늘밤은 며칠 만에 모처럼 날이 개여서 푸르른 밤하늘

이 펼쳐지고 있어서 저녁 내내 내 체온으로 덥혀 놓은 스리핑백의 온기를 포기하고 결국 겉옷을 걸치고 밖으로 나왔소. 만년설이 쌓인 설산 위로 펼쳐진 밤하늘은 온통 오색영롱한 별의 벌판이었는데, 그것은 아름답다거나 환상적이라거나 하는 그런 감성적 차원을 넘은 '영원에서의 부름소리', 그 자체였소.

눈과 얼음에 덮인 커다란 돌산에 불과한 무생물체를 왜 인간들은 수천 년 동안 그토록 성스럽게 추앙하며 법석을 떨었는지 이제야 나는 알 것 같소.

신비에 쌓여 있는 성스러운 산은 묵묵부답이지만 나에게 말하고 있는 것 같소.

"어서 오십시오. 해동에서 먼 길을 달려온 외로운 순례자여!"

혁수는 항상 밤 새 내린 눈 위에 첫 발자국을 남기는 아이이다. 강물의 평면 위를 가로질러서 첫 발자국을 남기며 가는 사람도 항상 혁수였다. 그뿐이랴. 물안개가 하얗게 피는 여름 날 새벽에, 까까머리를 무슨 소멸점인 양 한 점 찍고서 가는 아이도 항상 혁수뿐이었다. 혁수의 머리가 강 저편에 사라지면 먼지를 가득 머금은 버스가 달려오고 내 가슴은 안도감과 함께 출렁거리곤 했다. 내 귀는 항상 모래사장 바닥에 바짝 갖다 대 놓고 버스 소리와 덤프트럭 소리를 구별하면서 소리를 질렀다.

"버스가 온다."

그렇지만, 혁수는 늘 대답이 없었다. 내가 외마디 소리를 지를 때마다 몸만 움찔한 채 바지 주머니에서 손만 넣었다 빼는 것 같은 자세만 하고서, 서둘러 버스를 타고 짙은 안개 속으로 또는 하얀 눈 속으로 사라져 버리곤 했다. 그리고 나서 나는 목젖까지 치밀어오르는 눈물샘을 뒤로 한 채 하루 종일 혁수를 기다렸다.

혁수가 매번 똑같은 시간이 되어야 오는 줄 알면서도, 막차가 들어와야만 오는 줄 뻔히 알면서도 계절의 감각을 잊어 버린 양 해만 지면 불안에 휩싸여 아들을 기다렸다. 다시는 혁수가 그 사람처럼 나에게로 돌아오지 않을 것같은 불안감에 늘 시달렸다.

이놈아! 너는 내 마음을 아느냐? 진정 이 애미 맘을 아느냐?

강물 저편 뒤로 떨어지는 해를 바라보면서 물수제비를

하염없이 뜨고 있는 술 취한 이 애미 맘을 진정 너는 알고 있느냐?

난 된장찌개. 김치찌개. 그 따위 것들을 해놓고 혁수를 기다려야겠다는 마음의 여유를 잃어버린 지 이미 오래다. 단지 혁수의 얼굴을 놓치지 않고 마주하고 싶은 갈망만이 앙상하게 남아 있을 뿐, 민박꾼들이 나에겐 혁수와 함께 살아갈 수 있는 호구지책이란 사실조차도 귀찮아서 잊어가고 있었다.

연이 엄마가 떠난 후 처음 맞이하는 명절날, 그녀에게서는 전화도 한 통 오지 않았다. 사는 게 힘들어서 그렇겠지 생각은 하면서도 서운한 감정을 지울 수 없었다. 난 내가 연이 엄마에게 무슨 잘못을 저질렀나 전전긍긍하다 하루 해를 보냈다.

연이 엄마에게 전화를 해본다는 것은 엄두가 나지 않는 일이다. 신랑 없는 시집식구들에게 휩싸여 휘둘릴 연이 엄마를 생각하면, 나의 탄식 어린 서글픈 전화를 마음 편히 받아줄 수 없으리라는 건 뻔한 사실이었다. 전화를 거는 것 자체가 연이 엄마에게 오히려 견딜 수 없는 불편한

가시방석이라는 것을 누구보다도 잘 알고 있기에 연이 엄마에게 먼저 전화를 걸 수가 없었다.

그래서 나에게는 이름 달린 날들이 더 외롭다. 하긴 연이 엄마는 여러모로 나보다 낫다. 시동생도 있고 그 말 많은 시누이, 말썽 피우는 시어머니도 있으니까. 그러나 나에게는 그런 시끌벅적한, 정신을 혼란하게 하는 사람들조차도 하나도 없다.

어떻게 그 사람은 철저하게 나로부터 이 모든 걸 가져갈 수 있었을까?

나를 머리 깎지 않은 수도승으로 만들려는 의도가 아니라면, 내가 바라고, 내가 한 평생 원하던 자잘한 일상적인 생활들을 먼지 한 톨 남기지 않은 채 대빗자루로 마당을 쓸 듯 가져갈 수 있었는가? 차라리 보고 싶어하는, 그리워하는 이 감성조차도 빗질해 갔으면 내가 오히려 연이 엄마보다 낫지 않았을까!

연이 엄마는 이곳으로 또다시 돌아오지 않으리라는 생각이 든다. 아마도 말도 많고 탈도 많고 지질이 가난한 이 동네로 결코 돌아오지 않을 것이다.

얼마 전에 오랜만에 잠깐 동네에 들렀을 때, 연이 엄마는 말했다. 연이 아버지가 죽었을 때도 울지 않았고, 그 뒤에도 10여 년 동안 한 번도 무덤에 간 적이 없었다고… 오로지 자식새끼랑 살 생각밖에 없었기에 모든 걸 잊을 수 있었다는 말을 남기고 다시 떠났다.

명절, 아니 이름 달린 날들이 외로워서 싫다는 나에게 연이 엄마는 말했다.

"혁수 엄마도 외로움이라고 하는 두꺼운 벽에 갇혀 허우적대지 말고 햇살 비추이는 강모래사장으로 나가 봐. 얼마나 햇살이 따뜻하고 맑은지…"

구게왕국. '달의 성' 계곡. '다와쫑'!

카일라스산을 떠나 그곳에서 들은, 어떤 신비한 전설에 이끌려 다시 서쪽으로 향해 도착한 곳이요. 아마 당신도 읽어 보았으리라... 고빈다 라마의 『구루의 땅』을….

계곡 깊숙히 들어갈수록 그 경치는 가히 절경이오. 더구나 '다와쫑' 계곡은 가히 환상적이라고 말하는 것이 맞을 것이오.

석양의 부드러운 햇살을 받고 서있는 바위들은 살아 있는 사람들 같았소. 마치 십만 명의 불보살들이 나를 말없이 반기는 모습이었다고나 할까?

낮에도 이러할진대 달이 뜨면 과연 어떠할지 상상만으로도 황홀할 지경이오.

'샴발라'!

아마도 당신은 처음 들어보는 이름일 것이요. 중국의 무릉도원 같은 곳으로 우리가 사는 사바세계와 시간과 공간의 차원이 다르다는 이상형의 유토피아로 알려진 곳이오. 참, '샹그리라'와 같은 말로 이해하면 될 것이요. 티베트밀교의 비밀스런 경전인 『시륜경(時輪經)』에서 묘사하고 있는 것을 보면, 분명히 우리가 사는 세상과는 차원이 다른 곳인데, 그런데 몇몇 구절은 신비하게도 바로 이곳이 바로 그곳이 아닌가 싶을 정도로 정확하게 일치하고 있소.

갑자기 지나간 시간들이 마치 주마등처럼 지나가오.

강가의 아름다운 우리집이 먼저 생각나오. 물론 당신과 아들 혁수도… 그리고 우리집 흙벽돌에 찍혀 있는 수많은 물고기들이 생각나고….

그리고 카일라스산의 성스러운 모습도, 지혜의 호수 마나스 호수의 맑고 빛나는 물결도, 창탕고원의 그 드넓은 광야도, 뽀딸라 궁전의 그 황금지붕도, 조캉사원의 광장도, 한동안 머물던 라싸의 골목골목도 스쳐 지나가오. 그리고 외로울 때 친구가 되어 주었던 설역고원의 순진무구한 얼굴들도 서서히 석양이 가라앉듯 지나가는구려.

이제 나는 '수미산'을 내 마음에서 내려 놓고 싶소. 당신도 알겠지만 내 평생의 화두였던, 두 마리의 황금물고기도 그리고 삶과 죽음마저도 내려 놓고 싶소. 수미산을 들고 다니기에 무거워서 내려 놓는 것도 아니고, 나는 황금물고기가 짐스러워서, 아니 놓쳐 버릴까 봐 두려워서 내려 놓는 것도 아니오. 더구나 이러한 것들이 가치가 없다고 생각해서 내려 놓은 것은 더더욱 아니오. 단지 나와 내 황금물고기가 자유로이 숨 쉬며 살아갈 수 있도록 강물에 풀어 놓기 위해서 이제 내려 놓으려 하오. 말하자면 또 다른 의미에서의 방생(放生)일 것이요. '영혼의 방생' 말이오

당신이 이러한 내 뜻을 이해하리라 믿소. 또한 혁수도 이제 다 컸으니 이 애비의 뜻을 헤아려 줄 것이라 믿고 싶소.

“한 아름다운 곳이 있다네 사람들은 그곳을 찾아가려 한다네.

그곳은 사계절 항상 푸르고 꽃은 피어 있고 새는 노래하는 곳이라네.

그곳은 고통, 근심, 걱정 없는 곳이라네.

그곳의 이름은 ‘샴발라’라 한다네.

신선들만이 사는 곳이라네.

아! 그러나 샴발라는 그리 먼 곳은 아니라네.

그곳은 바로 우리의 고향 그곳이라네”

동네 아이들이 부르는 노래인데, 내가 대충 번역을 해보니 이런 뜻이었소.

혼자 듣기 아까워서 당신에게도 보내오.

혹 내게 무슨 일이 생긴다면, ‘샴발라’의 초청장을 받은 실종자!

차라리 그렇게 생각해주기 바라오.

그렇게 끊어진 그 사람의 편지는 더 이상 오지 않았다. 그 단절의 나날들에 비례하여 집에 쌓여가는 술병 숫자도 늘어갔고 그럴수록 우리집 대문에도 인적이 끊어져 갔다. 그런 내 꼴을 보다 못한 혁수는 지애비를 찾아 나서겠다고 다니던 학교까지 내팽개치고 떠났다.

혁수가 간헐적으로 보내오는 편지들을 보면, 혁수는 아마 지애비가 보낸 편지 속의 지명을 추적하여 티베트고원을 가로질러 점차로 서쪽으로 향하고 있는 것으로 보였다. 그러나 그나마 보내오넌 혁수의 편지마저 그 뒤 몇 달이나 오지 않았다. 그러던 어느 날, 새벽부터 까막까치가 마당 은행나무에 떼를 지어 몰려들어 시끄럽게 울던 날이었다. 우리동네 담당 우체부가 오토바이를 타고 오랜만에 뭐라고 떠들어 대면서 집 마당으로 들어와서 조그만 그림엽서 한 장을 건네주고 부리 낳게 떠나갔다.

그 그림엽서의 한쪽 면에는 아마도 그 사람이 편지에서 말하던 '다와쫑', 달의 성 계곡으로 보이는 사진이 인쇄되어 있었고, 반대쪽에는 한눈에도 아들 혁수의 글씨체가 분명한 짤막한 글도 쓰여 있었다.

보고 싶은 엄마!

기쁜 소식 먼저 전할 게요. 아버지는 돌아가시지 않은

것 같아요, 그러니 제사 같은 건 지내지 마세요. 이 동네 노인들이 아버지 얼굴을 알아보고는 다음과 같이 말했으니까요.

"자네 부친은 아마도 '샴발라'로 들어가신 모양이네"

〈끝〉

귀착지

■제5회 여성中央 2백만원고료 여류중편소설모집 당선소감

이승실

當選되었다 하면 너의 게으름을 분명히 밝혀라.

보름 남짓만에 일사천리로 적어놓고서 원고지에 옮기는 일이 싫어 보내지 말아야겠다는 나를 두고 친구가 한 말이다. 애당초 1천 5백매를 예상한 긴 이야기였지만 쓰기가 싫어 미루다 반으로 줄였고, 또다시 불량한 부분을 떼어내니 반으로, 또 그 반으로…. 그러다 1백여장을 더 늘려야하는 곤혹을 치루었다.

―분명 떨어질거야. 게으르기 때문에 뭔가 안된다니까. 줄이긴 왜 줄여. 무슨 요점정리 공모에 응모하는거니?―

미운정, 고운정이 담긴 소리, 소리들.

그럼에도 불구하고 나는 늘 당선소감을 미리 적어놓고 발표날을 기다렸다. 그러나 확신과는 달리 떨어지는 일이 다반사였으므로 활자화되지 못한채 구겨지곤 하였다. 언젠가 딱 한번, 당선소감을 발표(?)할 수 있는 기회가 주어졌는데 편집기일이 촉박하다는 주최측의 일방적인 통보로 무산되었던 적이 있었다. 그때 얼마나 서운했던지. 그 기억을 되살리며 정녕 활자화될 수 있는 당선소감을 썼다가는 찢어버리고…, 다시 쓰고 있다.

―휴, 어려워. 서너장도 어렵다니까. 차라리 쓰지 않는게 낫겠어. 천성이 게으르나?―

같이 기뻐해줄 사람을 생각해내는 것보다 더 힘들고 힘들다.

―이 승실씨 맞아요? 본인이 분명하지요?― 확인하고 또 확인하려는, 얼굴도 모르는 윤·記者의 목소리가 아직도 귀에 사근 사근하게 들린다. …난 경상도 여자이니까.

감사합니다.

■1960년 8월14일生

■대구 효성여자대학교 수학과 졸업

1984년『여성중앙』지에 실린 중편 〈귀착지〉 당선 프로필

예산으로 들어가는 길은 아직 포장이 덜 된 산길이라 그런 지 마른 먼지가 풀풀 날렸다. 삽교에서 계속하여 걸어왔더니만 다리에는 별반 감각조차 없었다. 단지 혁수를 대신하여 걷고 호흡해야 한다는 일종의 의무감에 사로잡혀 있을 뿐 다리의 통증은 그다지 괴롭게 느껴지지 않았다. 하지만 이제와서 내가 혁수와 있지 못하는 것이 큰 문제가 되는 것은 아닐 것이다. 혁수가 어디에서, 어떤 모습으로, 어떻게 남아 있는가를 아는 것만으로도 족하다.

문득 아침에 읽은 종강호 신문 한 구절이 떠올랐다.

'복종이라는 것은 변증법적 개념이다. 왜냐하면 실제로 모든 불복종의 행위는 복종의 행위이며 모든 복종의 행위는 불복종의 행위이기 때문이다. 모든 불복종의 행위는 그것이 공허한 반항이 아닌 다른 원리에 대한 복종을 의미한다.'

'사랑법'에 있어 첫째 조건이 참된 복종임을 논한 첫 구절이었다. 여기에서 철학과 교수는 냉철한 이성과 진실된 태도만이 환상에 가려진, 스스로 선택한 대상을 꿰뚫어 볼 수 있는 힘이요, 참된 복종의 필요조건이라고 강조하고 있었다.

이 글은 '우리는 스스로 선택한 사랑의 대상에 대한 참된 복종의 자유를 수호해야 될 것이다'로 끝을 맺고 있었다.

스스로 선택한 대상=사랑법=참된 복종.

난 이제 더 이상 복종할 수가 없다. 나 스스로 선택당한 대상이었지만 참된 복종의 자유를 수호할 능력이 내겐 없다. 그렇다고 해서 내가 지금 혁수에게 공연한 반항을 하는 것도 아니요, 혁수 이외의 여자를 찾아 다른 원리에 대한 복종을 원하는 것도 아니다.

이 글을 써 갈긴 교수도 내가 처한 상황과 위치에 있었다면 감히 이런 논리적이고 절대적인 철학적 개념의 사랑법을 논하지는 못하였을 것이다.

딱딱하게 굳어진 흙덩이가 발밑에서 사각거리며 부서졌다. 멀리 광천쪽에서 불어오는 바닷바람이 얼굴에 눌러 붙어 끈적거렸다.

바닷바람이 앉아 뻑뻑해진 머리칼을 쓸어올리고 어깨에 메고 있는 배낭을 다시 한 번 뭉쳐 메었다. 모두 책만 쑤셔 넣어서인지 꽤나 무거웠다.

때를 같이하여 방학을 맞이하였다는 게 나에게 얼마나

다행한 일인지 모른다. 그렇지 않다면 선수암까지 오는 냉철한 저항을 단행하지 못했을 것이다.

동성로 거리에 몇 송이 눈발이 날리던 날 아침, 썰렁한 교탁 위에다 신경 정신과 시험지를 올려놓음으로써 학기말 시험은 끝이 나고 긴 겨울 방학의 터널 앞에 섰을 때, 내가 살아남는 유일한 방법은 혁수에게 죽음이 덮쳐 오기 전에 달아나는 것임을 알았다.

비록 죽음 가운데서 이 모든 것을 특정 짓는다 하더라도 계속하여 혁수의 침묵에 복종한다고 하면 이는 곧 둘 다 죽음의 굴레를 벗어나지 못함을 깨달은 것은 시험지 중에 둘째장을 거의 다 메꾸었을 때였다. 그 때 창문쪽에 앉아 시험을 쳤는데 고개를 들어보니 창 밖에 서 있던 은행나무가 초라하게 헐벗었음을 뒤늦게 알았고, 이는 내가 혁수의 침묵 앞에 아름다운 가을날을 얼마나 무분별하게 복종하며 보냈던가를 깨우쳐 주었다.

어둠이 짙게 내려앉은 산 길은 걷기에 조금 힘이 들었다. 술기운에 덩달아 암자를 향해 훨훨 오르지만 아프게 펄럭이는 것은 몹쓸 놈의 혁수였다. 펄럭이다 눈감으면 쉽게 계절이 바뀌어 다가왔고 펄럭이다 눈뜨면 어느덧 소스

라치는 혁수의 나신이 허물거리며 쫓아왔다.

필경 짙은 산사의 어둠 탓만은 아니었다. 불안의 뜰을 흐늘거리며 따라온 취기 탓이었다. 불붙인 담배를 한모금 당기니 거의 반이 타들어가 버렸다.

작년 여름, 혁수와 내가 왔을 때 주지스님은 친히 여기 암자까지 데리고 와서는 잎차를 끓여주었다. 우리는, 여름날 장대같이 쏟아지는 폭우소리를 들으며 쌉소름한 잎차를 마셨고 암자까지 올라오는 긴 산길에 놓인 돌계단이 주지스님이 친히 다듬어 박아놓은 돌층계임을 상기하였다.

그리고 그 날 혁수가 어두운 빗길을 한 번도 미끄러지지 않고 잘 걸어왔음을 함께 떠올렸다. 그 때 우리는 우리에게 맞는 세상이 필요했었다.

별이 너무도 쉬운 빛으로 내려 앉아 버리는 산사의 겨울밤이라 멀지 않은 곳으로부터 불빛이 새어나오고 있었다. 한 손으로 새어나오는 불빛마저 잘라 버리면 긴 나락의 끝이 한 점 멍든 빛인양 그대로 뚫려 어둠 너머 또 어둠일 듯한 두려움이 엄습하여와 갑자기 걸음을 재촉하였다.

산 속은 벌써 겨울이 깊숙이 드리워진 듯 마른 나뭇가지가 산바람에 윙윙 대었다. 어린 동자가 손전등을 신기한 듯 빼어들고 앞서 걸어가더니, 노스님을 뫼시고 나왔다. 짧은 수염에 검붉은 장삼이 바람에 날렸다.

"워낙 인적이 드문터라… 아무튼 반가우외다. 이리로 오구려. 자리께는 마련되어 있으니."

잠시 내려 놓았던 배낭을 들쳐메고 노스님 뒤를 따랐다. 배낭은 조금 전보다 더 무거워진 것 같았다.

꾀나 연로해 보이는 얼굴이건만 스님은 흐트러짐이 없이 불목대기처럼 앞서 휘적휘적 걸어갔다. 동자가 내 뒤를 바싹 붙어 걸으며 말을 건넸다.

"저어기, 객실이 하나 뿐인데 어저께 서울 손님이 내려와서 묵고 있지라우."

등 뒤에서 댓바람소리가 요란하게 났다. 속이 갑자기 후들거렸다. 술 생각이 났다.

"암자 뒤쪽에 왠통 댓숲이라 쬐끔 무서울 거예유."

동자는 나의 턱을 쳐다보며 연신 말을 붙였다. 동자 머리통이 꽤나 시려울 것 같다는 생각을 하며 잠바 안주머니에 손을 찌르니 담배가 손에 잡혔다. 주머니에서 안경을 꺼내어 썼다. 스님의 탄탄한 걸음걸이가 좀 더 또렷하게 보였다.

"여기요. 당분간 두 분이 쓰셔야겠소. 그럼 내일 보구려."

스님과 동승이 총총히 어둠 속으로 사라져 갔다.

내일.

내일까지가 혁수의 인공호흡기 값이 지불될 수 있는 날이었던가. 모르겠다.

장지문을 밀치고 안으로 들어갔다.

뜨거운 열기가 확 끼쳤다. 아랫목쪽으로 누워있던 사람이 몸을 일으켰지만, 배낭을 구석진 곳으로 밀쳐놓고 누워버렸다. 오랜만에 불기있는 온돌방에 살을 대니 감당하기 어려운 피곤과 졸음이 쏟아져 왔다.

"학선이라고 하오."

섬세한 목소리가 새어나왔다.

"이형이오, 몸과 마음이 죄다 피곤하오."

그가 일어나서 이불자락을 당겨 어깨 위로 덮어주었다.

건조한 목탁소리가 들려왔다. 벽을 향해 돌아누웠다. 혁수의 습기 찬 목소리가 방 밑바닥에서 스물스물 기어나왔다.

확실히 망각의 심연이란 없는 것이다. 똑같이 당하는 처참한 상황임에도 불구하고 혁수는 나를 극한 상황의 수준으로까지 끌어내려 나의 모든 가치를 없애고, 나의 모든 삶의 의지를 파멸시키고 있었다.

눈을 감았다. 혁수의 입술 위로 무겁게 내려앉은 인공호흡기가 무슨 자잘한 꽃잎처럼 흩어졌다.

비록 의학을 전공하고는 있지만 이런 엄청난 일이 가까이에서 일어나리라고는 생각해보지 못했다. 이는 우연성의 잠재적 횡포였다. 단순히 전공의 책에서나 읽을 수 있는 잠재적인 우연성 - 그의 횡포인 것이다.

지난 가을 토종국과 잎사귀가 아침 찬서리에 시들 무렵, 혁수가 감기몸살을 앓고 있다며 실습실 입구에 세워둔 자판기 커피를 대여섯잔씩 뽑아 마셔댔던 적이 있었다. 그때 혁수는 표백된 얼굴로 거의 말이 없었고, 가끔 서 있기가 무척 괴롭다고 하였다.

4시간씩이나 계속되는 기생충실험 시간에는 교수님의 눈을 피해 현미경이 놓인 실습대 아래 주저앉아 있다 들켜 교수님 연구실로 불려갔다 오는 일도 종종 있었다.

하지만 혁수 스스로 생각하고 진단 내린 감기 몸살은, 별 차도를 보여주지 않은 채 일주일 씩이나 계속되었고,

병이란 말 자체도 생각하고 싶지 않은 나를 당혹하게 하였다.

그러던 어느 날 내가 유일한 보호자로 낙인되어 본관을 마주하여 길 건너편 쪽에 있는 대학부속병원 응급실로 불려 갔을 땐, 이미 혁수에게는 전신마비가 엄습된 후였다. 뇌에까지 침범한, 한갓 바이러스균에 불과한 병균에 함락되어 인생을 마치 중병 앓듯 살아온 혁수를 별 뾰족한 수도 없는 수술대 위에 올려놓고 보니, 유독 겨울 뿐이었던 혁수의 가슴에서 찬바람이 새어나왔다.

애써 기다릴 것도 없는 수술결과를 애틋하게 기다리며 병원에 죽치고 있었던 여덟 시간 동안, 혁수에게로 향한 온갖 염원과 기원을 하늘 꼭지에다 박아놓고 나는 빌었고, 나는 울었다.

하지만 젊은 생명이 희롱당해버린 엄청난 우연 앞에서 혁수와 나의 자유로왔던 때와 순수하고 때묻지 않은 로맨스가 지나가고 있음은 부인할 수 없는 엄청난 사실이었고, 순식간에 희망이 없는 사랑이 되고 말았다.

불과 며칠 전만 하여도 혁수와 결혼하여 삭막하고 외로운 혁수를 따듯하고 행복하게 해줄 결심이었지 않았던가.

이토록 내가 우연의 횡포성 앞에 무지할 수 있고, 무방비할 수 있음이 믿어지지 않았다.

인공호흡기를 얼굴에다 부착시키고 수술실을 나온 혁수를 신관병동 3층 중환자실로 옮겨놓고 보니, 이러한 슬픈 처지가 혁수 일 같지 않고 어쩜 먼 피안의 이야기. 스크린 속에서나 일어날 수 있는 사연같이 느껴졌다.

때를 맞추어 밖에는 가을비가 스산하게 내리고 있어, 거치른 햇살을 받을 수 없는 정신병동의 환자를 취급하듯 병실 유리벽이 숨통을 옥죄어오는 것 같아 창문을 열어젖혔다. 병동 아래쪽 물받이 함석관 위로, 흐르는 빗물을 타고 가을 잠자리가 작은 보트처럼 떠가고 있는 것이 보였다.

열려진 창틈으로 들이치는 빗줄기를 맞으며 오랫동안 그 잠자리가 시야에서 사라질 때까지 내려다보았다. 내가 가질 수 있었던 모든 것들이 송두리째 잠자리의 날개를 타고 떠내려가고 있었다. - 불안한 나날들, 연기 자욱한 질투, 어설픈 연애, 사랑, 침묵, 배신 - 그것은 조금의 가치조차도 없는 것이었지만 남아 있는 앞으로의 생에 큰 허기증을 불러일으켜 줄 것 같았다.

세월이 사람은 변화시키는 게 아니라 상황이 사람을 변화시키는 것임을 처절하게 느끼며, 혁수의 침묵 앞에 혁수의 속살거림을 기대하며 십일월을 보냈지만 유리창에 눈물처럼 흘러내리는 찬 비에 의해, 매번 나의 착각과 나의 기대는 무자비하게 씻겨져 내려갔다.

그렇지만 한편으로는 가끔씩 의식을 잃어가고 있는 혁수를 코 앞에 둔 채 죽음같이 혼곤한 잠의 수렁 속으로 떨어지는 일도 있었다.

내가 잠드는 순간, 혁수를 영원히 놓쳐 버릴지도 모른다는 무서움이 소름처럼 끼쳐오지 않은 것도 아니지만, 혁수의 고달픈 삶까지 송두리째 실어 무겁게 내려 덮이는 눈꺼풀을 도저히 지탱해낼 수가 없었다.

그러다가도 불현 듯 혁수의 숨소리가 들리지 않을 것 같은 불안이 봇물처럼 터지기도 하여 마치 영화 속의 주인공처럼 혁수의 가슴에다 귀를 대고 심장이 뛰는 소리를 듣기도 몇 번 있었다.

절대적으로 기적을 바랄 수 없는 처지임에도 불구하고 기적을 기대하고 싶었다. 이 생각이 부질없는 것임을 잘 알지만 혁수에게 숨이 붙어있는 동안 한순간만이라도 혁수의 목에서 터져나오는 속살거림을 들을 수 있다면 어떠한 응혈진 생채기라도 견뎌낼 수 있을 것만 같았다.

하지만 기적은 흔히 그렇듯이 의사조차도 희망을 가지지 않는 불가능한 환상이었다. 오로지 이 불가능한 환상을 기다리는 자신을 변명하기 위해 자학과도 관련시켜 생각도 해보았지만 그럴 때마다 무엇보다, '절대적'이라는 섣부른 결론을 내릴 수밖에 없었고, 그 모습이란 혁수보다도 차라리 더 비참한 몰골처럼 느껴졌다.

침묵을 지키고 있는 혁수에게 점차적으로 단단하고 끈질긴 집착력을 가지게 되어서 혁수가 원한다면 말도 타고, 춤도 추며 공중그네도 탈 것 같았다. 혁수가 원하는 것이라면 바지랑대보다 몇 배나 더 높은 하늘 끝에서라도 유연하게 외줄을 탈 수 있을 것 같은 생각도 들었다. 기적이 환상처럼 느껴지듯이 나의 생각들은 그냥 생각일 뿐이지 현실은 아니었다.

속살거림을 더 이상 들을 수 없는 혁수의 목울대를 내려다보고 있노라면 지나간 시절, 혁수의 목소리에서 홀로 비애감같은 걸 느꼈던 슬픈 낭만들이 밀물처럼 밀려와 가슴을 채웠다. 난 감상과잉의 미숙아처럼 혁수가 덮고 있는 하얀 시트자락 위로 맥없는 눈물을 무수히 흘렸다.

사람들은 나를 두고 순정파라고들 했다. 애정도 없는 동정에 자신을 수 없이 낙하 침몰시키고 있다고 비웃었고, 윤은 가을 머저리라고 지껄였지만 나에게 있어 중요한 것은 바람 앞에 선 혁수의 생명 앞에 지극히 요행수를 바라고 있다는 사실 뿐이었다.

그러나 나의 도움을 구하거나 받아 온 약한 혁수 앞에서 내가 가졌던 자부심이 한갓 자만심에 불과할 뿐, 이제 그 요행수마저 지극히 원시적이고 무책임한 것이라는 구구한 변명만이 한 달하고도 보름이 채 못되는 동안 눈덩이처럼 불어나 포르말린과 에테르 냄새가 물씬 풍겨나는 한 평 남짓한 공간 속에 혁수를 버려놓고 빠져 달아날 궁리를 모색하기에 이르렀다.

그렇다고 해서 부인하거나 번복할 수 없는 확연한 것은 하고 많은 사람들 중에 오직 연애하기 위하여 혁수를 선택했었다는 점이다. 하지만 이제와서 신(만약 세상에 존재한다면)의 제탁 위에 올려진 것 중에 가장 고고하고 티없는 촛불이 우리의 것이라 한들, 신에 의해 선택되는 마지막 순간까지 타고 있을 유일한 빛이란 신념은 적어도 의학을 전공하는 나에겐 없다.

다행히도 안락사의 여부를 떠나 인공호흡기 값을 계산하고 있는 주치의 얼굴 한 번 힐끗 쳐다보는 것으로 가벼운 마음이 되었고 배낭에다 책을 쑤셔넣을 수 있었다.

병원문을 나서니 건너편 실습실 건물 옆에 한 대의 영구차가 서 있는 것이 눈에 띄었다.

또 한 생명이 없어진다고 생각하니 서글픈 생각이 들었다. 고개를 젖혀 하늘을 쳐다보았다. 이제는 꽤나 많이 자란 히말야시다가 청솔가지처럼 하늘을 뒤덮고 있었다. 눈물이 고여왔다.

어제를 무엇이다 말하지 않겠습니다.
단지 기억해야 할 뿐입니다.
지나간 슬픔과
슬픔의 원천으로 말입니다.
그러나,
어제는 늘 떠도는 이름없는 별,
이름없는 별이었습니다.

"이제 그만 일어나시죠?"

몸이 심하게 흔들리는 걸 느끼며 눈을 떴을 때 그가 도수 높은 안경을 치올리며 나를 내려다보고 있었다.

"너무 오래 주무시는 것 같아서…."

"깨면 무엇하오, 희망도 없는데. 혁수는 어제도, 그저께도 깨지 않았소."

어눌하게 두어마디 뱉고는 벽쪽으로 돌아누웠다. 방바닥은 아직도 따뜻하다. 어제부터 계속하여 먹지 않았으므로 일어날 기운도 없었다.

"겨울비가 내리고 있소. 일어나 보면 답답한 마음이 조금은 가실께요."

그는 친절하지도, 그렇다고 친절 안하지도 않은 음성으로 일러주었다.

담배에다 불을 붙이며 일어나 장지문을 밀쳤다. 낡고 좁은 툇마루가 붙어 있는 처마 아래로 빗물이 떨어지고 있었다. 장지문에 몸을 기대고 문턱에 다리를 걸쳤다.

대낮임에도 불구하고 어두움이 머리 위에까지 바싹 내려앉았다.

"몇시 쯤 되었소?"

"정오는 훨씬 지났을게요."

그는 개켜놓았던 자리를 도로 펴고 누웠다. 행동이 말만큼이나 느리고 힘들어 보였다.

좁은 툇마루 아래로 떨어지는 물소리가 마치 시간의 물이랑이 서서히 굽이쳐 흘러가고 있는 것처럼 들렸다. 눈물이 한방울 툭 떨어졌다.

"형씨, 잊어버리시오. 모두 부질없는 일이외다."

그가 벽쪽으로 돌아누우며 말을 던졌다. 헛나오는 말소리로 그의 호흡이 고르지 않음을 알 수 있었다. 그러나 헛나오는 소리일망정 그의 말소리는 나의 상처받은 섬세한 감정의 급소를 찌르고 빠져나갔다.

잊었다고 억지라도 부리고 싶은 혁수의 얼굴이 되살아났다.

"이미 생명이 육체 밖으로까지 밀려나서 피부밑에 죽음만이 무슨 벌레처럼 꿈틀거리는 혁수를 내팽개치고 여기까지 난 도망왔소."

"형씨, 산 사람은 어떻게든 살아야지요. 이해해 줄거요."

"견딜 수가 없소. 혁수가 가져다줄 긴 이별을 어찌해야 좋을지 모르겠소."

눈물이 바지 위로 후두둑 떨어져 내렸다. 마치 인생을 다 살고 난 후에 어이없이 사랑을 고백하는 30년대 소설 속의 남자처럼 주절대었다.

"혁수의 의식 속에는 죽음 이외에는 아무것도 없소. 그 모습이란 두 개의 영상이 하나의 사진 원판 위에 나타나는 것처럼 애매모호하기만 하였소…."

그에게선 더 이상 응답이 나오질 않았다. 그의 대거리라도 받아서 여기까지 올 수밖에 없었던 나를 허울좋게 변명이라도 하고 싶었지만 그는 이해해줄 것이란 말로 입을 다물었고, 잠을 청하고 있었다. 단지 그가 내뿜는 고르지 못한 숨소리만이 껄끄럽게 나의 귀를 거슬리고 있었다.

흘러내리는 눈물자국을 멋쩍게 닦고 그의 어깨를 흔들어 보았다. 거진한 늙은이처럼 잠이 들어있었다. 그의 이마 위에 송글송글 맺힌 땀방울이 이미 건강을 상실한 남정네임을 여실히 드러내 주었다.

팔베개를 하고 그의 곁에 누웠다. 허기 탓인지 눈동자가 희뿌옇게 번졌다. 눈을 감았다 떴다. 때에 절은 흙벽에 혁수의 그림자가 눌러붙어 흐물흐물 춤을 추고 있었다.

빗줄기는 제법 가늘어졌지만 그의 숨소리는 더욱 더 거

칠어져가고 있었다. 그의 손을 잡아보았다. 열이 있었다. 몸을 일으켜 벽쪽으로 돌아누워 있는 그의 얼굴을 내려다 보았다. 하얗게 말라붙은 입술 사이로 뜨거운 열 기운이 쏟아져 나오고 있었다. 모로 누운 그를 바로 잡아 뉘이고 이불을 끌어당겨 덮어주었다.

호롱에 불이라도 당길까 싶어 위쪽으로 손을 뻗치니 펼쳐진 대학노트가 눈에 띄었다. 이미 펼쳐진 채 놓여 있었으므로 아무렇게나 휘갈겨 쓴 글자들이 그대로 눈에 들어왔다.

×월 ×일

생(生)은 추상도 아니고 소설도 아닙니다. 생은 이념도 유희도 아니며 사치품도 아니고 장식품도 아닙니다.

'어제'와 '여기'에서 나의 전 존재가 영위하는 '피가 뚝뚝 떨어지는' 사실 그 자체일 뿐입니다.

머리가 부푸는 것 같더니 전율 같은 게 느껴졌다. 맨 앞장을 넘겨보았다. 거기에는 날짜도 적지 않은 채 쓰여 있었다.

호롱에 심지를 돋우어 불을 켜놓고 읽기 시작했다. 간간히 들려오는 그의 신음소리는 경각을 다투는 신음소리처럼 불안하게 들려왔다.

한밤중에 일어나 손을 펴봅니다.
나의 핏속으로 흘러들어가는 것을 지켜봅니다.
솟구쳐 오르는 그녀의 찬소리,
어둠 속에 엉켜드는 그녀의 돌아선 모습이 보입니다.
그 모습을 구십도 쯤 비껴 옮겨놓고 보니,
그녀가 제대로 알지 못한 괴로움에 찌든 나의 모습이,
방향도 없이 날아온 한 무더기 비바람에 익사 당하고 있었습니다.
그렇습니다.
나를 속이고 그녀를 속인 내 지난날의 잔가지를 쳐낼 수만 있다면
한 무더기 비바람 속을 어떻게 뚫고 나갈 것인가 쉽게 내 마음 속에서 끌어낼 수도 있으련만.
아! 내심 하나가 되어버린 모순이 나를 괴롭힙니다.
나의 속된 사랑은 정녕 물같은 변화를 원치 않는데 그

녀와의 맹세에 변화는 오고야 말았습니다.

하늘이 보이는 아틀리에에 걸려있는 오디푸스의 두상처럼,

그녀의 이마엔 깊은 고뇌가 수레 가득히 실렸고, 난 한동안 불면이라는 균의 수렁에 잠겨,

아픔의 순간을 잊기 위해 수없이 웃기도 했습니다.

그러나 그것은 아픔이 아니라 차라리 견디기 힘든 비극이었기에,

조용히 길 떠날 채비를 차렸습니다.

뒷장에는 4B연필로 여자의 나체가 허리 부분까지 데생되어 있었다. 머리가 어깨까지 내려 온 여자는 고개를 약간 숙인 채 비스듬히 서 있어서 그런지 혹수처럼 너무나 여성적인 모습을 하고 있었다.

갸름한 턱, 처진 눈꼬리, 맑은 눈동자, 얇은 뺨, 자그마한 귓불- 하늘의 별자리를 옮겨놓은 듯한 환상적인 그림이었다. 거기에다 물색물감으로 덧칠해놓으면 한자락 비애감이 물씬 풍겨날 것 같았다.

난 그에게서 죽음처럼 스며드는 인간의 고독을 느끼며

다음 페이지를 넘기고 있었다.

내가 혁수를 눈여겨 보게 된 것은 본과 1학년 첫 해부 실습이 있던 날이었다.

q동에서 보냈던 예과시절을 마무리 짓고 t동으로 옮긴 우리들은 사체실습에 대한 공포감과 호기심으로 3월을 보내고 비가 내리는 4월 어느 날, 처음으로 사체 실습장에 들어갔다.

이미 선배들로부터 사체에 대해 누누이 들어왔고 교수님으로부터 사전 지도도 받았지만, 녀석들은 실습대 위에 가지런히 놓여있는 사체들 앞에서 모두 얼굴을 찌푸렸고, 후미진 곳만 찾아서 뱅뱅 돌았다.

두어번 예교수님의 호통소리를 듣고서야 난 미적거리는 녀석들 보란 듯이 우리 조원들 앞에 놓인 사체쪽으로 나아갔고 이름조차 알 수 없는 사체쪽으로 다가와서 나의 행동을 따라하기 시작했다. 녀석들의 시선은 나와 혁수 쪽으로 갈라져 집중되었으면 간간히 탄성까지 발하는 계집애들도 있었다.

하지만 선불리 혁수와 나의 행위에 끼이는 녀석은 없었

다. 다만 침묵 속에서 우리 둘만이 실습실의 바닥까지 쓸고 닦았다.

둘째 날도 역시 혁수와 내가 정교한 조각가처럼 조심스럽게 털을 깎고, 표피를 제거하여 살과 살갗을 분리하는 작업을 먼저 시도하였다. 한 번도 해본 적이 없는 생소한 일들을 조금의 착오도 없이 정확하게 해내고 있었다. 이미 날렵해진 내 동작과는 달리 녀석들의 행동은 굼떴다. 살갗이 찢어질 때마다 녀석들은 코끝을 찡그리며 진저리를 쳐댔다.

코끼리 가죽같은 딱딱한 사체의 살갗을 벗겨내자 가슴팍의 속살이 날 놀라게 했다.

얇은 살갗에 다닥다닥 붙어있는 노란 지방층의 아름다움도 아름다움이거니와 그 밑에 나란히 줄지어 있는 살색 살들이 두려움으로 잔뜩 긴장된 나의 신경을 늦추어 주었던 것이다.

가운이 땀에 젖어 몸에 달라붙었다. 실습대 아래에 떨어져 있는 시험지 조각을 주워 사체의 얼굴을 덮었다. 나의 영원한 소유물이 아님에도 불구하고 뼈와 살, 혈관과 심장, 신경조차도 마음대로 분해하고 있다고 생각하니 감히 그의 반응없는 얼굴을 쳐다볼 수가 없었다.

실습이 끝나자 녀석들은 혁수와 나를 별종의 인간들인양 쳐다보았다. 녀석들의 시선에는 '대단한 놈들이다'라고 표명하기 보다는 '잔인한 놈들이다'라고 비웃고 싶은 감정을 더 많이 담고 있었다.

난 가운도 벗지 않은 채 혁수 꽁무니에다 대고 재수 옴 붙었다며 침을 찍 갈기고 있는 윤의 등을 쳐서 생맥주집으로 내달았다. 신경이 죽어버린 사람의 체취는 내장을 죄다 뒤틀어 놓기에 안성맞춤이었던 것이다. 흔히 정신 분열증환자가 맡는 냄새가 왜 사체냄새인지 알 것 같았다.

평소 사교적이며 낙천적이었던 윤은 어울리지 않게 생명, 죽음, 허무 등을 운운하며 술을 퍼마시더니만 화제가 혁수에게로 흘러, 나와 혁수를 한데 묶어 버리고 있었다.

앞가르마를 고르게 타서 내려뜨린 생머리채가 을씨년스럽다로 시작해서 결코 친절을 베풀고 싶지 않은 절름발이인데 어째 오늘 보니 너와 그 절름발이가 죽이 잘 맞아 보이더라고 주정을 떨었지만 그 땐 윤의 말을 듣고 있지는 않았다.

1년 간 휴학해 있다가 3월달에 복학한 혁수가 우리과

였는지조차 기억에 없었고, 실습시간에 있었던 일로 하여 새삼 혁수를 기억해 낸다는 것은 내 성격에 맞지 않는 행동이었다.

그 날 술이 곤죽이 되어버린 윤을 택시에 태워보내고 내 손에 의해 표피가 박탈당해버린 사체를 다시 한 번 더 보기 위해 실습장으로 되돌아갔다.

긴 쪽마루를 지나 실습장이 있는 복도의 모퉁이를 돌아서니 창틈에서 환한 불빛이 새어 나오고 있었다. 건물은 오래 된 목조건물이어서 발자국을 떼어 놓을 때마다 유난히 삐걱거렸다.

'나보다 더 잔인한 놈이 있었구나'

라고 생각하며 실습장 가까이 다가가니 혁수가 아무도 없는 실습장에서 흰 가운을 입은 채 서 있었다.

창밖에는 천둥 번개가 치고, 나무에서는 쉴새없이 물 떨어지는 소리가 들렸지만, 혁수는 지방층까지 도려낸 여자 사체 한 구를 꺼내놓고 팔짱을 낀 채 내려다보고 있었다.

불빛에 반사되어 길어진 혁수의 그림자를 밟은 채 담배를 피워 물었다. 그 때 처음으로 혁수가 여자였던가라는 의문이 생겼고 과대표 녀석이 근거없는 염문을 퍼뜨리며 혁수에게 추근대고 있다는 소문이 떠올랐다.

진입식 때의 일인 것 같다. 녀석은 혁수의 팔랑거리는 노래 소리에 침을 흘렸고 필요 이상의 친절을 베풀었지만 혁수가 손에 쥐고 있던 교내 신문을 구겨 던짐으로써 종을 치고 말았다.

"이 구겨진 신문지가 바로 저예요. 한 번 구겨진 신문지는 절대로 바로 펴지지 않아요."

사회보던 놈의 기상천외 같은 익살로 화기애애하던 진입식은 순식간에 엉망이 되고 말았다. 그때도 윤은 재수 옴 붙는다며 침을 찍 갈겼다.

담배를 거의 다 피워갈 때 쯤 혁수가 돌아섰고, 내가 와 있음을 알고나 있었다는 듯이 무신경하게 말을 건넸다.

"사람 표피 벗겨내느라 수고했는데 우리 술마셔요."

그리고 혁수와 나는 술집에 갔고, 같이 술을 마셨으며, 블루스를 췄다. 몇잔의 술이 비워지자 혁수는 서슴없이 천원짜리 지폐 한 장을 무대 뒤에다 던져 놓고서 전자기타를 두드리며 노래를 부르기 시작했다.

노래는 낮고 아주 조용하게 시작되었는데, 그것은 바람도 없는 개울에 팔랑팔랑 물살을 이루며 날아가는 나비의 뒷자태와도 같았다. 그러다 '한꺼번에 피어 흐트러진 꽃밭처럼 어지러운 옛 일'이라는 부분에 가서 혁수는 무수히 곤두박질 당하는 강가의 나비처럼 눈물까지 비치며 노래에 감정을 넣어 불렀다. 그래서인지 혁수의 노래는 애절하게 가슴에 와 닿았고 불빛 찬연한 홀을 뒤 흔들어 놓았다.

내가 더 이상 날지 못하는 흰나비가 바람결에 나부끼고 있다고 짧은 상상력을 키워가고 있을 때, 혁수는 노래를 그만두었다. 배 나온 사내들이 박수를 치며 앙콜이라고 알코올 낀 목소리로 울부짖고 있었다.

나폴레옹인 양 휘청거리며 무대에서 내려오는 혁수를 껴안고 춤을 추었다.

오밀조밀하게 내려다보느라 어이없게도 혁수의 절뚝거리는 발등을 수없이 밟기도 하였지만 기분은 네온사인만큼이나 현란했다.

자정이 지나자 빗물이 눈물처럼 배어나오는 창이 있고, 바퀴벌레가 병정처럼 기어다니는 이끼낀 방에서 비누냄새 나는 혁수의 살갗에 나의 입술을 대었다.

손 끝에 와 닿는 혁수의 탄력있는 살갗에 현혹되어, 삶과 죽음이 교차되는 듯한 신비로운 기분을 만끽하며 혁수의 옷들을 벗겨내고, 군살 하나없이 잘 마른 알몸을 껴안았다.

혁수에게선 성숙한 여인의 체취가 물씬 풍겨났다. 파마기 없는 혁수의 긴 머리카락이 내 가슴 위로 흘러내렸다. 간지러운 감촉이 물결쳤다.

결코 술기운 탓만은 아니었다. 어쩜 불과 몇 시간 전에 실습장에서 보았던, 지방층까지 박탈당해 버린, 인간이라고 명명될 수 없었던 허울들이 흐느적거리는 듯한 착각이었는지도 모른다.

그러나 기분은 좋았다. 애초부터 불편한 감정 따위는 없었다.

혁수는 당황하지도, 반항하지도 않았으며, 그렇다고 해서 진부하게 울지도 않았다. 오히려 이런 일에 숙달된 여자처럼 나긋나긋하고 부드러웠다.

"두고두고 연애하고 싶어요. 꼴불견 같은 소리겠지만"

"연애?"

"그래요, 연애가 하고 싶어요."

혁수는 나의 겨드랑 밑으로 얼굴을 파묻으며 연애가 하

고 싶다는 얘기를 두어번 더 한 후에야 잠이 들었고, 우리는 이튿날 똑같이 수업에 불참하고 말았다.

그 날도 그러했지만 그 다음 날도, 그 다음, 다음 날도, 턱수염이 거뭇거뭇하게 자라도록 폭음을 했다. 그리고 두고두고 연애하고 싶다는 꼴불견같은 혁수 일 따위는 잊어버렸다.

왜냐하면 나에게는 애미없이 자란 냉혹성이 잠재하고 있어 결코 남에게 친절하지 않는 삐뚠 면이 있었다.

나는 사람들이 내 말을 어떻게 받아들이든 간에 말하는 사람도, 듣는 친구도 모두 곧잘 곤경에 빠뜨리는 불친절을 거리낌없이 베풀었던 것이다.

녀석들은 모두 나를 두려워했고, 감히 내 실력을 넘보지 못했으며, 나와는 어울리기를 기피했다.

내 가까이에서, 내 기억 속에 존재할 수 있는 것은 의학이라는 학문 그 자체와 오랫동안 유명무실하게 살아오신 전직이 의사였다는 아버지, 그리고 같은 학문을 하고 있다는 이유 외에도 공통점이라고는 전혀 없는 윤 뿐이었다.

혁수와의 하룻밤 유희가 나의 기억 속에 남아있게 되지 못한 것은 이러한 이유에서 였을 것이다.

그렇다고해서 나에게 뜨겁고 냉정하게, 치밀한 계산 아래 인생을 살아보겠다는 오기가 없는 것은 절대 아니다.

가끔 거울을 보는 적이 있는데 그럴 때마다 어딘지 모르게 나 자신의 한 구석에서 인생에 시달린 녹슨 철길같은 음영이 눅진하게 붙어있음을 느끼곤 한다.

그게 아마도 '애미없는 자식의 냉혹성'으로만 지레 짐작하고 있었는데 철이 들어 생각해보니 꼭 그런 것만은 아닌 것 같았다.

무엇보다도 무의식적이지만은 환경에 의해서 상처 받으면서도 분연히 일어서고 싶다는 오기가 있었고, 이는 곧 인생과 삶에 찬연히 승리하고 싶은 충동과 일맥상통하였으므로.

아무튼 나의 모난 냉혹성은 단 하룻밤의 유희로 혁수의 두고두고 연애하고 싶다는 치졸한 바람을 꺾어버린 채 여름과 가을 학기를 보내고, 해부제를 맞이하게 되었다.

녀석들을 비롯하여 나와 윤은 까만 양복을 걸치고 나왔으며 몇 되지 않는 여학생들 손에는 윤기도는 국화 다발이 들려 있었다.

우린 실습장이 있는 낡은 벽돌 건물 앞에서 버스를 타

고 장지까지 갔다. 약간 흐려있는 하늘 탓으로 멀리 보이는 금호강변은 스산하게 보였다. 벌써부터 녀석들은 감상과잉아처럼 암울한 표정들을 짓고 있었다.

점점이 부패되어 고여있는 물들은 차라리 우리가 해부하느라 파헤쳤다 제 짝도 옳게 찾지 못한 채 대충 끌어다 맞추어 놓은 주검들 보다 낫다는 생각이 들었다.

대개 이들은 죽어서도 그러하지만 살아서도 환영받지 못한 자신들의 뼈와 살을, 난도질한 사람들로부터 집단적인 조의를 받아야 한다. 그러나 우리가 조의를 표시한다고 해서 궁극적으로 그들을 동정하고 있지는 않았다. 지금 우리들이 만들어내고 있는 상황에 따라 잠시 숙연해지는 마음 뿐인 것이다.

여학생들 손에 들려있던 국화다발이 흙구덩이 속으로 떨어졌다.

그리고 몇 잔의 술이 녀석들 사이로 돌았지만 술을 마셔도 즐겁지 않다는 표정들을 드러내고 있었으므로 나머지 술잔은 모두 나와 윤에게로 돌아왔고 난 오랜만에 적당히 취해 버렸다.

확실히 나를 비롯한 녀석들은 주검을 느끼기엔 너무

젊은 나이였고 삶의 끝에 머물러 있는 상태는 아니었다.

취하고 나서 고개를 들어보니, 혁수가 앞에서 고개를 숙인 채 땅 위에다 내 이름을 커다랗게 적었다 지우곤, 다시 적는…… 손장난을 하고 있었다. 이미 술기운으로 몸과 마음이 풀어진 상태였으므로 혁수의 수그린 목덜미만 내려다보았다. 불안정할 정도로 가는 혁수의 목덜미가 툭 부러져 내 발등 위로 떨어져 내릴 것 같았다.

장지를 떠날 때까지 혁수는 내 이름을 수십 번도 더 썼고, 수십 번도 더 지웠지만 왠지 혁수가 무척 낯설게만 느껴졌다.

시내로 들어와 학교 앞에서 내렸을 때 비가 내리기 시작했다. 후두둑 떨어지는 빗방울 속을 걸어 교문을 나서는데 혁수가 우산을 들고 잰걸음으로 따라왔다. 비닐 우산 위로 떨어지는 빗방울 소리가 고막을 때리듯 크게 울렸지만 뒤를 돌아보지는 않았다.

혁수는 나를 받쳐주지 못해 털썩거리는 걸음걸이로 팔을 높다랗게 뻗고서 쫓아왔다. 혁수의 질퍽거리는 왼쪽다리가 군데군데 홈이 패여 물이 고인 길 위에서 튀어 올랐다. 천천히 걸어줘야 한다는 생각을 하면서도 실제로 나의 걸음은 여느 때보다도 빨랐다.

혁수를 데리고 들어갈 만한 곳이 언뜻 생각나지 않았다. 녀석들이 웅성거리는 학교 근처 다방에는 들어가고 싶지가 않았다.

큰고리쪽으로 나오는데 길 건너편에 있는 당구장이 눈에 띄였다. 쓰리 큐나 한 판 쳐야겠다고 생각하며 신호등을 보니 푸른 불이 켜진 채 깜빡거리고 있었다. 난 미처 혁수에게 무어라고 해주기도 전에 보도 위를 뛰었고, 혁수도 예기치 않은 나의 뜀박질에 놀란 양 겉따라 뛰었다.

보도를 다 횡단하고 나서야 뒤를 돌아보니 혁수의 짧은 다리가 과대표 녀석의 흉물스러운 웃음만큼이나 밉게 보였다.

잠바주머니에서 담배곽을 꺼내는데 혁수가 인도 바로 아래에서 미끄러지는 듯 하더니 달려오던 자전거에 깔리면서 나동그라졌다.

순간 빈 우유병들이 부서지는 소리가 들렸고, 자전거가 물이 고여있는 아스팔트 위로 뒹굴어 갔다.

혁수가 몸을 추스르기도 전에 허벅다리가 굵은 사내가 포플라나무처럼 걸어와서, 혁수의 종아리에다 발길질을 가했다. 지나가던 사람들이 하나 둘 서기 시작했고, 달리던 차창으로는 얼굴이 삐죽이 나와 있었다.

혁수는 일어나기를 잊어버린 사람처럼 그냥 빗물 위에 주저앉아 있었다. 허벅다리가 굵은 남자는 침과 욕설을 번갈아 뱉어가며 흥분하였다. 난 빗줄기와 욕설, 발길질 속으로 무수히 침하되고 있는 혁수의 다리를 내려다보며 구경꾼들 틈에 끼여 서 있었다.

비는 계속해서 내렸고, 시간은 홍수처럼 밀려와 더디게 가고 있었다. 혁수는 고개를 숙인 채 그 거대한 남자가 제풀에 꺾여 자전거 페달을 밟기를 기다리고 있는 것 같았다. 난 성냥불을 그어 담배에 불을 붙였다.

허벅다리가 굵은 남자는 귀퉁이가 부서진 우유상자들을 집어들어 훌훌 털었다. 자잘한 유리조각들이 혁수의 머리 위로 떨어졌다.

모여든 사람들은 혀를 찼다. 구경꾼 중에 한 사람이 혁수 쪽으로 다가가 혁수를 일으키려고 했다. 그러나 혁수는 빗방울이 떨어지고 있는 아스팔트만 내려다본 채 쉽게 움직이려 하지 않았다.

"병신 주제에 뛰긴 왜 뛰어. 죽을려고 환장했나!"

허벅다리가 굵은 남자는 '병신 주제'란 단 한마디의 말을 탁한 그의 침에다 가득 담아 내뱉고는 자전거를 일으켜 페달을 밟았다. 우유상자들이 자전거 꽁무니에 매달려 덜컹거렸다.

'병신 주제'에 혁수가 한마디의 대꾸도 못하고 있는 그 동안, 신호등의 불빛은 세 번이나 바뀌었고 입에 물고 있던 담배가 빗물에 젖어 툭 부러져 떠내려가고 있었다.

사람들은 하나, 둘 흩어지기 시작했고 혁수가 비로소 살이 부러진 비닐 우산을 찾기 위해 몸을 뒤채였다.

우산을 집어든 혁수가 일어설 때까지 난 그대로 인도 위에 서 있었지만, 엉망이 되어버린 혁수 바짓가랑이를 보니 왠지 뷔페의 그림에서나 볼 수 있는 투명한 감정이 느껴졌다.

어색하게 혁수의 어깻죽지를 잡고서 당구장이 있는 건물 지하에 위치한 술집으로 들어갔다. 어색한 내 태도만큼이나 혁수의 행동은 자연스러워 다감하기까지 하였다. 술집은 불빛 때문인지 침울하게 보였다.

"어떤 짜아식이 나 없으면 못살겠대요. 어디론가 사라져 버리겠다고 공갈을 쳤더니만, 내참, 밥도 먹지 않고 내

내 우는 거예요, 꼬락서니 하고……"

앞뒤가 모두 달아나 말을 맥주거품이 송글송글 맺혀 있는 입술로 내뱉고서 웃었다.

그때는 이미 혁수가 오렌지 빛 바바리를 벗어 내어 앉아 있는 왼쪽 빈자리에 던져 놓은 후였으므로 얇아서 몸에 딱 붙어버린 소매 짧은 흰색 티셔츠가 혁수를 과즙의 신맛처럼 상큼하게 보이도록 도왔다. 탁자 위에 놓인 갓등에 스위치를 넣었다. 불빛이 퍼지니 자리가 꽤 밝아졌다.

"과대표 녀석이야?"

"흥, 아니예요, 그냥 좋아서 같이 사는 남자요."

혁수의 무표정한 말에 놀랐으나, 놀란 기분 그 이상은 아무 것도 느끼지 못하였으므로 침묵을 지킬 수밖에 없었다.

맥주 두병을 더 시켜놓고는 혁수는 고개를 까닥거리며 소리내어 웃었다. 아주 크게 웃고 싶은 웃음을 억지로 참는 양 조심스럽게 웃었다. 하지만 결코 살포시 웃는 치기 어린 웃음은 아니었다.

"그 짜아식 있죠. 자길 버리면 죽어 버리겠다고 다리를 물어뜯었어요, 이렇게."

혁수는 자신의 팔을 입으로 가져가 실제로 깨무는 시늉을 해보였다.

“다리?”

“그래요. 이쪽 말이예요.”

모르겠냐는 듯이 검지손가락으로 오른쪽 다리 위로 포개어진 허벅다리를 톡톡 두드리며 가리켰는데 조금 전에 보도 위를 뛰어올 때 털석거리던, 허벅다리가 굵은 남자가 발로 차대던 바로 그 다리였다.

들고 있던 맥주잔을 탁자 위에 내려놓지 못한 채 다리 위에서 꼬물작거리는 엄지손가락을 내려다보고 있을 때에 혁수는 마파람에 게 눈 감추듯 맥주 한 잔을 단숨에 들이키고는 또다시 웃었다.

이제 혁수의 웃음 속에는 유아기의 자연스럽고 쾌활한 동작까지 섞여있어 순간적인 육감을 자아내었다. 그래서 깨물린 상처의 깊이를 가늠해낼 수가 없었다. 다만 허벅다리가 굵은 남자가 차댔던 자리에 번져있을 피멍이 걱정되었지만 혁수는 보도 위에서 일어났던 일들을 깡그리 잊은 듯 별 말이 없었다.

그 해 겨울은 혁수에 대한 소유의식을 떨쳐 버리기 위해

안간힘을 쓰면서 보냈다. 고상한 사람들은 상대를 사랑하되, 소유하려 들지말고, 질투하지 말라고 외쳐대지만, 난 그런 고상한 사람들이 갖는 박애주의자는 못되었으므로 혁수와 같이 사는 남자에 대해서 관심이 지대해졌고, 혁수를 데리고 살 수 있는 가학성에 부러움조차 느꼈다.

그것은 혁수가 하고 싶어하는 연애가 아니라 남자와 더불어 사는 단일한 삶의 공간이었으므로.

새로운 학기를 맞이하였지만 혁수는 이렇다 할 애정을 나에게 표명해주지 않았다. 다만 과대표 녀석만 여전히 혁수를 추근대며 따라다녔는데, 혁수도 예전처럼 그렇게 톡 쏘거나 무안을 주지 않고 같이 어울리는 것 같았다.

장미 꽃봉오리가 막 망울을 터뜨리던 어느 날, 난 혁수를 두어 번 더 만날 기회가 주어졌다.

윤과 함께 테니스 코트에서 더블게임을 즐기고 있었는데 철장 너머로 웬 꼬마가 쪽지를 들고 와서 내 이름을 부르고 있었다.

쪽지에는 혁수가 학교 앞 생맥주집에 있다고 단 한 줄만 적혀있을 뿐 나와달라는 말은 없었다. 서둘러 혁수에게 가고 싶은 마음이 나지 않았으므로 치던 테니스를 계속해서 쳤다. 그리고 샤워를 했으며 윤과 당구까지 한 게임 친 후에야 혁수가 있다는 맥주집에 들렀다. 그 땐 이미 3시간이 지난 후였으므로 혁수가 꼭 있으리라고는 생각지 않았다. 맥주집을 기웃거려보니, 혁수가 구석진 자리에서 거품이 일고 있는 맥주잔을 기울이고 있었다.

"그 사람이 머리를 짓뜯었어요."

이미 얼마를 마셨는 지 술에 절어 버린 모습은 고사하고라도 혁수의 그 치렁치렁한 머리카락이 석삼년은 빗지 않은 머리처럼 마구 헝클어져 있었다.

"왜?"

"같이 있는 걸 봤나봐요."

불과 그저께 일이었다. 약리실습을 마치고 막 나오려는데 실습실 뒷문쪽에서 혁수가 가운을 거의 다 풀어헤친 채 눈짓을 했다.

애들이 모두 나가기를 기다렸다가 혁수에게로 가니 그 사람에게 물렸다면서 시퍼렇게 멍이 든 어깨죽지를 내보이며 따갑다고 얼굴을 찡그렸다. 어깨는 미친개가 여기 저기 물어뜯다 팽개쳐 놓은 고무신처럼 홈이 패이고 피멍이 맺혔다. 말이 따가운 것이지 이미 통증조차 무감각해질 정도였던 것 같아 보였다.

균이라도 들어가 곪지 않았을까 싶어 어깨를 만져보았다. 간지럽다는 듯이 혁수가 낄낄거리며 웃었다.

결코 습기 찬 땅에서만 살아왔다고 할 수 없는 혁수의 꾸밈없는 웃음을 보며, 삶에 지쳐 버린 혁수를 깨닫지 않을 수 없었다.

"이러지 않아도 되잖아?"

"이러지 않아도 살 수 있다면 얼마나 좋겠어요."

짧은 대답이 상처에 대한 변명이 아닌 줄 알면서도, 아니 무엇보다도 그 녀석에 대한 분노감을 전혀 품고 있지 않은 줄 번연히 알면서도 소독약을 사고 항생제를 사서 혁수의 어깨를 치료해주었다.

혁수의 살갗에 손끝이 닿을 때마다 내 몸이 뜨거운 유액으로 가득 차 오름을 느꼈지만, 혁수의 마음속에 자리하고 있는 또 다른 형상을 무너뜨릴 방도는 생각나지 않았다.

붕대를 감고 있는 혁수의 어깨를 부둥켜 안고, 마다하는 혁수를 굳이 집 앞까지 바래다 주었고 그 놈이 서성거리고 있을 불켜진 창 아래에서 뜨겁고도 절박한 키스를 해주었다. 그 때 혁수의 입에서 무어라고 형용하기 어려운 쌉쏘름한 단내음이 물씬 풍겨나왔다.

그것이 나와 있었다는 전부였다.

"그 짜아식 돈 것 아니야."

"그래요. 돌았어요, 오늘 같은 날은 정말 없어져 줬으면 좋겠다는 생각이 들어요. 내 다리 좀 봐요. 이제 이것마저도 남지 않을 거예요. 차라리 근육이 모두 파열되어 봉합될 수 없었음 좋겠어요."

탁자 밑으로 치마를 걷고 내미는 다리는 길이가 짧은 다리였다.

덜 성숙된 다리처럼, 미처 살도 채 오르지 못한 혁수의 다리는 보기에도 징그러울만큼 핏자국으로 칠을 해 놓았다. 마치 검붉은 물감을 풀어 굵은 붓으로 무질서하게 그어놓은 낙서처럼 보였다.

어지러웠다. 녀석은 혁수 몸뚱아리를 캔버스로 착각하고 있는 것 같았다.

"……"

"때렸어요. 의자를 부러뜨려서 이렇게 때렸어요. 한참을 맞다보니 살이 터져 피가 흘러내리는 거예요."

혁수는 다리에다 대고, 때리는 시늉을 하며 웃었다. 헝클어진 머리카락이 일렁댔다.

"왜 그 놈팽이하고 붙어 살아야 돼! 혁수가 열녀야?"

"그 사람은 환자고, 난 의사예요. 그는 어둠을 마시며 자라는 돌처럼 불균형하고 모가 나있어요. 내가 곁에 있어야만 해요."

"대단한 희생정신을 가졌군."

복받치는 감정을 억제할 수가 없었다. 혁수 앞에 놓인 생맥주를 단숨에 들이켰다. 눈물이 한방울 떨어졌다. 그 떨어진 눈물은 내 눈물이었지 혁수의 눈물은 아니었다. 난 혁수가 우는 것을 본 적이 없었다.

혁수는 결코 우는 여자가 아니었다. 아스팔트 위에서 넘어져서 낯 모르는 사내에게 짐승처럼 차일 때에도 혁수는 울지 않았다. 그러므로 혁수가 이런 일 따위로 눈물을 흘릴 까닭은 없는 것이다.

혁수가 눈물을 흘린다면 그 눈물은 곧 죽음에로 이르는 길일 것이라고 생각되어 왔다.

혁수에게는 모든 고통을 감내하며 사랑하는 어떤 놈이 있었고 그 어떤 놈에게 복종하는 웃음만이 있을 뿐이었다.

난 잔 가득히 맥주를 따라 놓고서 혁수의 집요한 삶의 추적, 맹목적인 복종에서 한 웅큼의 비애감을 낚아 올렸다. 그 비애감은 궁극적으로 나의 슬픔이었다.

고개를 숙이니 아직 치마를 내리지 않은 혁수의 다리가 허물어지듯이 눈에 들어왔다.

"근육이 모두 파열되 봉합될 수 없었음 좋겠어요."

혁수가 치마를 내리며 웃었다.

까칠하게 윤기마저 퇴색된 혁수의 웃음소리가 따사로운 황혼을 보듬으며 매캐하게 흩어졌다. 김수희의 너무합니다가 혁수의 머리 위에 붙여놓은 스피커를 통하여 성능 좋게 흘러나왔다.

"히포크라테스 얘기 알고 있죠?

'그러나 환자는 다르다.

자기의 가장 철저한 고통의 소리가 들리기를 빈다. 자기의 진한 염원을 들어주기를 바라는 것이다. 그리고 그것이 이루어졌으리라 지레짐작하고 몸을 내맡긴다.

살리든 죽이든, 생문둥이를 만들어 놓든간에 최후의 신뢰를 가지고 몸을 부수게 한다.'

이게 우리들의 관계예요. 그는 나에게 최후의 신뢰를 가지고 자신의 주장을 내세우며 행동으로 표현하고 있는 거예요."

"난 그에게 영원한 신뢰감을 보여주어야 할 책임이 있어요."

"책임?"

"아무도 이해 못해요."

"병신"

자신도 모르게 짤막한 한마디가 엉겁결에 튀어나와 버렸다.

곧 아침이 올 모양이었다. 스님의 독경소리가 목탁소리와 어울리어 들려왔다.

댓바람소리가 문종이를 발라 놓은 문 밖에서 서성대었다.

그는 잠이 깊이 든 모양이었다. 밤새도록 가쁜 숨을 몰아쉬며 끓어오르는 열 기운을 주체하지 못해 앓는 소리를 토해내었다.

그의 반듯한 이마를 타고 흘러내리는 식은땀을 훔쳐내

고 물수건을 얹어주느라 잠을 설치고 말았다.

빗방울이 가늘어지고 노스님의 독경소리가 들려올 때쯤, 그의 숨소리도 차츰 평온을 되찾고 있었다.

호롱불에 비친, 굳어버린 그의 얼굴에 깊은 고뇌가 서려있어 혁수의 긴 그림자가 그의 얼굴 위로 흔들거렸다.

그의 터진 입술을 보니 지난 밤에 읽은 글귀가 떠올랐다.

'많은 사람들은, 많은 꿈들을 가지며 갈 곳에 가지만, 나는 비록 적은 꿈이지만 그녀를 사랑하고 있다는 사실 하나만으로도 너무 많이 기뻐하고 있습니다.'

아, 아, 모르고 살아왔기에,

모르고 살고가기에 가슴에 한 가지 꿈을, 건져 그녀의 공허를 채워주며 살 수 있었습니다.

그러나, 내가 홀연히 흐르는 시각 사이, 좁은 틈으로 풍화되어 버린 억겁의 시각을 보았을 때,

나의 터진 입술, 나의 지혜로도 예견하지 못했던 나의 불행은,

시작조차 모르는 엄청난 불행을 쌓고 있었습니다.

그것은 굴러내려오는 돌을 끝없이 올려야하는 시지프

스의 업보와 같은 불행 - 간질 - 이라 아무도 알지 못했습니다.

모든 시작이 그러하듯이 무더운 여름날,

허공에 정지해 버린 풍경처럼,

나의 삶의 원자들이 정지해 버린 내일의 속절 없는 굴레 앞에서,

그녀는 마른 가지처럼 떨고 있었습니다.

시간이 흐를수록 난 그녀의 의식 후미진 곳에서부터 서서히 도외시 당하고 있음을 간파할 수가 있었습니다.

나의 수정체는 부피 없는 막처럼

모든 빛을 굴절시키지 않고 받아들이려고 애써보았지만 이상과 현실의 격차는 계속해서 수평선을 긋고 있었습니다.

그래서 나에게 있어 그녀와의 연륜을 소중하게 생각하고 싶다거나, 부끄럽지 않은 연륜을 곱게 쌓아가고 싶은 바람은 그릇된 사고에 불과하였습니다.

그렇다고 해서 그녀를 원망하는 마음은 추호도 없습니다.

나에게 내일은 영원히 보장되지 않는 미래였으니까요.'

가슴이 꽉 메워져 왔다. 그의 얼굴을 돌아다 보았다. 베개에서 떨어져 방바닥에 모로 놓인 얼굴은 신경이 굳어 그대로 피부가 된 듯한 표정 없는 얼굴이었다.

삶이 결코 장난일 수 없는데 이렇게 장난질 당하며 살아야하는 사람도 있었다고 생각하니 이리저리 뛰어다니며 스스로 길들이기 위해 슬픈 그의 몸뚱아리를 내맡기며 앞으로의 생을 부정해버린 그의 나날들이 눈앞에 펼쳐졌다.

불현듯 그가 나와 혁수를 추적하여 따라온 시간처럼 느껴졌다.

그러자 내 마음은 또 다시 시간을 역행하여 혁수의 의식 밑바닥을 의식 밑바닥을 헤매고 있었다.

본과 2학년이 되면서부터 혁수는 학교 수업을 빼먹기 시작했다.

처음에는 과대표 녀석이 교수들 눈을 피해 대출도 해주는 것 같더니만 곧 필요없음을 알게 되었는지 몇 되지 않은 여학생들을 붙들고서 혁수의 거처를 묻기 시작했다.

그러나 혁수를 알고 있는 사람은 내가 전부였고, 서류상의 기록은 모두 허위였으므로 녀석이 알아낸다는 것은 불가능한 일이었다. 주눅 든 목소리로 녀석은 가끔 나한테로 와서 혁수의 거처를 묻지는 못하고 혁수에 대한 걱정만 장황하게 늘어놓고 가기가 일쑤였다.

물러터진 과대표 녀석의 성의에도 불구하고, 혁수는 학교 수업을 빼먹는 횟수가 잦았고 어쩌다 학교에 얼굴을 비치는 날은 창문 틈에 매달려 나만 불러내었다.

나가 보면 혁수는 온 몸에 피멍이 든 채로 후줄그레하게 서있곤 했는데, 입가에는 여전히 웃음을 담고 있었지만 소매 사이로 선명하게 돋아 난 피멍은 더 이상 할말을 잃어버리게 하였다.

그 모습은 차라리 혁수가 살아 온 짧은 인생 여정에 지쳐버린 노독과도 같아 보였다.

가슴 밑바닥을 파고드는 동정이 회오리 바람처럼 일었지만 한편으로는 풀어헤쳐지고 헝클어진 혁수를 볼 때마다 묘한 성적 충동에 사로잡히곤 하였다.

바람이 불어 꺾어질 대로 꺾어진 고목나무에서 영상적인 아름다움을 느끼듯, 헝클어질 대로 헝클어진 혁수의 무자비한 자태 앞에서 아주 원시적이고 근원적인 성적 욕구를 탐닉하는 것이었다. 잘못된 본능인 줄을 누구보다 잘 알고 있었지만 어쩔 수 없는 일이었다.

한 번은 혁수가 신조차 신지 못한 채 뛰쳐나온 적이 있었는데, 흙이 덕지덕지 묻어 있는 혁수의 맨발에서 짜릿한 성적인 욕구를 느꼈고, 자신도 모르게 혁수의 가슴에다 서슴없이 손을 집어 넣었던 것이다.

말랑말랑한 혁수의 가슴을 만지면서 내가 이럴 수 있다는 사실에 스스로 놀라기도 했다. 이렇게 진한 열정이 내게도 있었는 지 의문이 났으며, 과거에는 전혀 느껴보지 못한 섬세한 충동과 욕구가 나를 당혹케 했던 것이다.

그러면서도 선불리 혁수를 부둥켜 안거나 나의 감정을 나타내지는 못하였다. 내게 용기가 없어서가 아니었다. 무엇보다도 혁수에게는 육체적으로 응혈진 상처의 동통을 견디면서까지 붙어 살아야 하는 삶이 있었고, 그것을 값비싼 댓가를 치르고 얻어낸 고귀한 고민처럼 혁수는 소중히 다루었던 것이다.

혁수는 그 녀석을 죽여버리고 싶다는 말을 간혹 했지만 그 이상의 너절한 욕설은 갖다 붙이지 않았고 갖다 붙일 줄도 몰랐다. 그리고 해가 지고 밤이 오면 어김없이 그 녀석이 있는 곳으로 되돌아 갔던 것이다.

이같은 행동은 나의 끓어오르는 성적인 욕구를 삭혀 주었으며 나의 감정을 뒤죽박죽 흐트러 놓았다.

잦은 결석으로 혁수는 칠월 한달 내내 재시험을 치르느라 곤혹을 겪었다. 내 노트를 복사하고, 과대표 녀석의 친절한 강의를 받으며 이리저리 뛰어다녔다.

그리고 8월을 맞았고 서해 쪽으로 하계 봉사를 떠나게 되었다.

분명 명단에는 혁수 이름이 없었는데 버스에 오르고 보니 옆자리에 혁수가 앉아 있었다.

머리를 촘촘히 땋아서 틀어 올린 채 창 밖을 내다보고 있는 혁수의 목덜미에는 이빨로 물어 뜯겼는 지 살갗이 짓이겨져 있었고 어깨 죽지까지 감아 올린 붕대에는 검붉은 피가 언뜻언뜻 비쳤다.

파멸이 두려워 말을 하지 않는 여자처럼 혁수는 입을 굳게 다문 채 말이 없었으며, 나 또한 묻지 않았지만 혁수는 예전처럼 웃지도 않았다.

차창을 통해 내리비치는 팔월의 열기는 뜨거웠다. 땀이 배어나와 온몸이 끈적거렸다. 포장되지 않은 길이라 그런지 차는 유난히 덜컹거렸고 차가 덜컹거릴 때마다 녀석들은 문화 수준 운운하며 저마다 고상한 척 한마디 씩 입을 떼었다. 도회지 티를 완연히 드러내고 싶어하는 쓰레기 같은 녀석들의 몸살기운이 풍겨났다.

땀이 묻어나온 탓인지 혁수의 목덜미가 빨갛게 부풀어 올라 번질거렸다.

뒷자리에 앉은 두 명의 여학생이 혁수의 목덜미에다 대고 입방아를 찧었다.

“어머! 얘 흉측스럽다.”

“지독하게 물렸는가 보지.”

“같이 사는 남자가 변태래나봐, 때리지 않고는 만족 못한대.”

“맞는 여자도 변태래.”

“미쳤어!”

미쳤다는 대상이 혁수인지 분명히 알지 못했지만 자기 얘기를 하고 있는지조차 간파하고 있지 못하는, 상처 뿐인 혁수를 쳐다보는 것은 큰 괴로움이었고, 그 괴로움을 견디다 못해 상주에서 도중하차 하고 말았다.

무작정 혁수 팔을 끌어당겨 열차를 타고 바다가 보이는

곳으로 내달았다.

차창을 비껴가는 풍경을 바라보며 나와 혁수를 생각해 보았다. 무어라고 딱 집어 명명될 수 없는 밋밋한 사이가 나와 혁수인 것 같았다. 그러니 우리들 사이에는 시작도 없었고, 끝도 있을 것 같지가 않았다.

나는 사랑을 해본 적이 없고 그렇다고 해서 오랫동안 기억되는 여자도 없었지만, 이토록 나의 눈길에 차고 슬픈 것만이 어른거리는, 남의 여자도 없었던 것 같았다.

혁수는 젊다는 사실 하나만으로 살아가야 할 내일이 수 없이 많다는 암담함과 비참함을 동시에 나에게 떠안겨주고 있었다.

피서객들이 몰리는 해수욕장을 지나 한적한 곳으로 갔다. 깨끗하게 씻겨진 모래사장에서 조그마한 아이들이 놀고 있는 것이 저만큼 앞쪽에서 보였다.

"말해! 계속해서 그 녀석하고 살 것인지 말을 해. 도저히 헤어질 수 없다면 내 앞에서 없어져. 공부고 뭐고 다 때려치우란 말이야."

혁수를 내동댕이치는 내 동작이 퍽 무식하고 거칠다는 걸 느끼지만, 살을 에이는 듯한 동통을 당하면서 야생 동물처럼 한 남자에게 길들여져야 하는 혁수가 비참하고 부질없어 보였던 것이다.

혁수가 울음을 터뜨렸다. 모래사장에 엎드리어 소리 내어 꺼억꺼억 울었다. 혁수의 울음소리는 공허하게 들렸다.

"히포크라테스 운운하면서 착각하지 말어. 히포크라테스 흉상에는 혁수가 외우고 있는 말 이외에도 다른 말도 많이 있다구. 그 녀석은 지금 혁수를 마음대로 찢고, 끊어내고, 긁고, 봉합하고 있는 거야.

그 녀석은 자기만 유일한 생명체라고 생각하는 녀석이지 혁수 따위는 안중에도 없는 녀석이라구. 그 따위 녀석 귀에는 혁수의 말이나 고통 소리는 들리지도 않어!"

"아니예요."

"분명히 말하지만 환자는 혁수야. 혁수를 주무르고 있는 돌팔이 의사는 그 녀석이라고. 왜 그걸 몰라."

"그렇지가 않아요. 그는 환자임에 틀림없어요. 더 이상 나를 이해시키려 들지 마세요. 그는 환자예요! 환자!"

혁수의 눈에 눈물에 벌겋게 매달려 있었다. 비록 끝이 있을 수 없는 관계라고 생각하고 있었지만, 버스에서 혁수를 끌어내릴 때에는 끝이라고 말을 하고, 끝을 내겠다고 생각했었다. 그런데 혁수는 눈물을 흘렸고, 눈물이 벌겋게 매달린 눈으로 얘기를 하고 있지 않은가.

"그저께 성주를 다녀오던 길이었죠. 봉고나인을 몰고 갔는데 글쎄 그 사람이 시속 백십킬로미터를 놓지 않겠어요. 너무 겁이 나서 어떻게 해야 될지 몰랐어요. 그 사람 무릎 위에 올라 타서 매달렸어요. 살려달라고.

그런데 그는 들은 척도 하지 않는 거예요. 그의 두 눈이 포도주에 담그었다가 내놓은 것처럼 진홍빛이더군요. 난 지나가는 차들의 향해 소리쳤지만 우린 너무나 빨리 달리고 있어 누구도 나의 말소리나 행동을 알아보지 못했어요. 나중에 가서는 죽을려는 각오를 하고 그로부터 핸들을 뺏으려고도 해보았지만 그의 힘은 완전히 초인적인 것이었어요.

한 30분 쯤을 그렇게 달렸을 때 다행히도 사이드카 두 대가 우리를 따라오더군요. 그런데 정말 우연히도 그 사람이 브레이크를 밟아 급정거를 하더군요.

너무 경황이 없다가 갑자기 급정거를 하고 보니 안도감도 없지 않아 넋이 빠진 채 앉아 있는데, 그가 차에서 내리더니 다짜고짜로 경찰에게 각목을 휘둘러 내더군요.

결국 우린 그날 밤 공무집행 방해죄로 경찰에서 보내야 했어요. 물론 그를 병원에 데리고 가서 치료할 것도 약속했지요."

"아니, 그 짜아식 죽을려고 환장한 자식이잖아. 제 정신으로 그 따위 짓을 해!"

"그러게 말이예요. 하지만 출발할 때는 그도 제 정신이었어요. 같이 바람이라도 쏘이고 오자고 했으니까요."

혁수는 마치 남의 일처럼 이야기하고 있었으므로 거친 분노를 누를 길이 없었다.

혁수가 좋아하고, 혁수를 좋아한다는 녀석이 혁수를 병신으로 만들어 놓은 것도 부족해 이제는 죽음의 길도 서슴지 않는다고 생각하니 거칠은 분노가 나의 어깨를 짓눌러 왔던 것이다.

그것은 결코 슬픔이나 질투가 아니라, 녀석으로부터 혁수를 지켜야 한다는 의무감 비슷한 것이었다.

"언젠가 넌 그 녀석 손에 죽을 거야. 그걸 몰라서 붙어사느냐구. 좋아. 혁수가 계속해서 그 녀석과 같이 살아야 한다면 내가 그 녀석을 죽여 버리겠어."

"……"

발 아래에 놓인 돌덩어리를 주워 던졌다. 돌은 포물선을 그리며 바다에 떨어졌다.

"그 녀석을 죽여 버리겠어."

"……"

대답을 기대하지는 않았지만, 혁수가 입을 다물고 있었으므로 다시 한 번 더 내뱉었다. 그 소리는 어금니를 맞부딪쳐가며 짓이겨내는 소리라, 내가 들어도 음산했다. 마치 꼭 죽일 것이라고 결심을 하고서 내뱉어 놓은 소리와도 같았다.

이 미지의 녀석에 대해 이토록 강한 혐오감이 어떻게 하여 나 자신 속에 숨겨져 있다가 '죽여 버리겠다'는 단 한마디의 최악의 범죄행위로 튀어나올 수 있었는 지 의심하지 않을 수 없었다. 하지만 그 순간 난, 혁수와 끝을 내기보다는 그 녀석을 죽여 버리는 게 더 타당하다고 생각하였으며, 꼭 그러리라고 다짐하고 있었다.

"그러지 않아도 죽을 거예요. 아니 벌써 죽고 있어요."

"변명하지 말어. 그저께까지 펄펄 뛰던 녀석이 죽긴 왜 죽어, 그렇게도 그 변태같은 녀석이 소중하냐구."

"못 믿겠으면 지금 같이 가요…. 자꾸만 두들겨 패서 차

고에 숨었는데, 나를 찾으러 다니다 찾지 못하고 자기 몸에다 석유를 뿌리고 성냥불을 그었어요. 병원으로 옮겼지만 심장이 탔다고 하더군요. 이제 죽을 거예요. 그래서 도망왔던건데…."

혁수가 흐르는 눈물을 닦으며 나에게로 돌아섰다.

"그 짜아식 있지, 엄마였어요. 이해하겠어요?"

"……"

혁수의 머리 위로 한 무더기의 흙덩이가 떨어져 내리듯 한 무더기 갈매기 떼가 날아올랐다. 우는 혁수의 모습은 심약해 보였다.

"엄마?"

"그래요, 엄마요. 혁수 엄마. 엄마는 언제부터인가 확실히는 모르지만 성냥불을 그어서 커튼이라든지 걸어 놓은 옷가지를 태우곤 했어요. 나를 때리지 않을 때만…. 알고 있지요, 피로마니아(Pyromania: 계속해서 불을 놓는 사람)라고."

비로소 내가 혁수의 가정에 대해 어떤 것도 들은 게 없었음을 깨달았다. 혁수에게도 남들처럼 부모와 형제가 있어야 했고, 혁수를 기다리는 가정의 울타리도 있어야 했다. 혁수는 '혁수 엄마'란 소리에 강한 액센트를 주어 두어번 더 말했고, 난 멍하니 바다만을 내다보고 있었다. 그동안 수없이 받아 온 생채기에 얼른 이해가 가지 않았다.

"혁수 엄마, 피로마니아"

아무래도 생소한 단어였다. 남의 옷을 빌려 입은 것처럼 혁수에게 어울리지 않았다.

혁수가 나의 손을 가져다 자신의 무릎 위에 얹어 놓으며 얘기를 시작했다. 그것은 하모니카로 베토벤의 합창을 연주하는 것만큼이나 어설프고 더디게 들려왔다.

내가 어떻게 해서 그녀와 단둘이만 살게 되었는지는 모른다.

내가 태어나기 이전부터 나에게는 아버지가 없었고 내가 태어난 후에도, 집에는 남자라고는 그림자도 얼씬거린 적이 없었다.

난 대여섯살 때까지는 천안댁이라고 불리우는 여자와 살았다. 천안댁과의 생활은 비교적 자유로왔다. 손발을 씻지 않고 잠이 들어도 깨우지 않았고, 내가 먹고 싶은 과자도 내가 사먹었다. 그리고 가끔씩은 버스를 타고 강물이 보이는 먼 곳까지 데려갔고, 돌아올 때는 사람이 많이 오가는 번화가에서 내려 신기한 물건들을 구경시켜 주기도 했다.

그러나 내가 여섯 살이 되고 유치원에 들어갈 때 쯤, 그녀가 외계인처럼 우리들 눈 앞에 불쑥 나타났고 봉숭아 꽃물처럼 후덕했던 천안댁은 그녀를 아씨라 부르며, 나에게 엄마라고 불러야 됨을 일러주었다.

그녀가 오던 그 날은 집에 있던 물건이란 물건은 죄다 밖으로 끌려나와 비누칠을 당하거나 폐품 취급을 받았다. 물론 나도 예외는 아닌지라 비누 거품 속에 빠뜨려졌다. 뿐만 아니라 그녀는 천안댁이 방치해 두었던 나의 버릇들을 용납하지 않았다. 낮은 음성으로 그녀는 나에게 지시하고 제지하며 여러 가지 행동들을 요구했다.

그녀가 오고 며칠이 지나지 않아서 천안댁은 보퉁이 하나만 들고 집을 나가게 되었다. 천안댁은 그녀를 세상에서 가장 고운 사람이라고 일컫었지만, 그녀는 핏발이 붉게 선 눈으로 천안댁을 흘겨보는 일이 잦더니만 끝 내 나가줄 것을 종용하였다.

쥐죽은 듯이 있겠다고 눈물로 애원하는 천안댁에게 그

녀는 막무가내로 굴었다.

집을 나가서도 오랫동안 집 담벼락에 쪼그리고 앉아 있는 것 같았지만 한 번 나간 천안댁은 영영 돌아오질 않았다. 난, 얼마 동안은 그녀에게 적응하지 못해 우는 일이 잦았으나 천안댁보다는 엄마가 부르기도 쉬웠으므로 그런대로 그녀와 생활하게 되었다.

가끔 난 천안댁이 어디엔가 살아있을 것이란 생각을 가지는 때가 종종 있었지만 그 때 왜 천안댁이 같이 살 수 없었는지는 몰랐다.

천안댁이 떠나고, 그녀와 살면서 내가 불행하다거나, 특별히 불편하다는 생각은 들지 않았다. 적어도 내가 그녀에 대해 정확히 알 때까지는.

초등학교 2학년 때까지만 해도 내 눈에 비친 그녀의 모습은 은행알처럼 토명하고 매끄러운 피부를 가진 여자였으며, 풀기가 빳빳하게 들어있는 기명색 모시적삼을 입고 있는 정갈한 여자였다.

집은 단장을 하지 않아 이끼가 끼고, 풀이 덤불처럼 자라고 줄장미가 담장을 뒤덮고 있었지만 워낙 터가 넓고 대리석이 군데군데 박혀 있는 석조 건물이라 그녀의 고아한

자태와 잘 어울렸다.

그녀가 어떻게하여 그 집을 소유하게 되었는 지는 모르지만 집 주위에는 빈 공터가 널려져 있었고, 인적이 드문 곳이었다.

집으로 올라가는 언덕에서 내려다보는 동네 풍경은 한 폭의 수채화 같았고, 언덕 위에 서 있는 그녀의 모습은 늘 내 가슴을 설레게 했다.

그러나 그녀와 집에 대한 허울 좋은 영상이 무너지기 시작한 것은, 초등학교에 들어가서 처음으로 친구를 집에 데리고 오던 날부터였다. 그 친구는 내가 기억해낼 수 있는 영역 안에서 첫 방문자였고 손님이었다.

대문을 열고 막 들어서는데 그녀가 수돗가에 세워둔 물통에 거꾸로 박혀 버둥대고 있었다. 가까이 가 보니 그녀는 눈자위가 하얗게 변한 채 혀를 깨물며 거품을 뿜어내고 있었다.

난 외마디 소리를 지르며 달려나가는 친구의 꽁무니를 따라 죽을 힘을 다해 언덕을 내려갔다. 친구가 헐떡이는 숨을 몰아쉬며 내 귀에다 대고,

"네 엄만 마귀니?"

라고 조그맣게 물었을 때 난, 자신도 모르게 고개를 끄덕거렸고, 정말 마귀일 것이라고 생각되었다.

해가 지고 친구도 가버렸지만 감히 그녀가 있는 집으로 들어 갈 마음은 나지 않아 그대로 담벼락에 붙어 서있자니, 그녀가 나를 찾느라 동네를 헤매고 있는 모습이 보였다. 나를 찾아내려는 그녀의 눈동자가 도깨비불처럼 망측스러워 엉겁결에 그녀를 향해 돌을 마구 던져대었다.

그녀는 이제까지 볼 수 없었던 거친 행동으로 나를 낚아채어 집으로 들어갔다. 그 때 그녀의 행동에는 마치 나를 담벼락에라도 짓이기고야 말겠다는 서슬이 싯퍼러 죽죽하게 박혀있는 것 같았다.

그날로부터 그녀는 꼭 내 앞에서 나를 붙들고 소리를 지르며 넘어졌고, 몸이 뻣뻣하게 굳어졌으며 거품을 내뿜었다.

난 그녀의 이마 한 모서리에서 강물처럼 돋아나오는 새파란 핏줄을 내려다보며 무서움에 치를 떨었지만 그녀는 나를 쉽사리 놓아주지 않았다.

굳어진 팔 다리가 풀리고, 돌아간 눈동자가 제대로 돌아오면 그녀는 새삼 힘이 솟는 지 나에게 난폭하게 굴었다. 자기를 버리고 달아날 수 있는 내 두다리를 부수어놓고 말겠다며 닥치는 대로 던지고 때렸으며 깨물었던 것이다. 내 몸은 그야말로 하루가 멀다하고 만신창이가 되었다.

이러한 그녀의 이유 없는 발작은 내가 흔들어 대는 손만으로도 충분히 혀를 깨물고 다리를 비틀었으며, 물통에 비친 햇살만으로도 팔이 오그라들고 얼굴에 경련을 일으켰다.

처음에는 그녀의 발작이 그녀의 지나친 결벽증세에 기인하는 것이라 여겼다. 그래서 깨끗이 훔쳐놓은 마루 위를 신을 신은 채 올라갔고, 곱게 빗어 땋아 준 양갈래 머리를 언덕을 내려오면서 마구잡이로 풀어헤쳐 학교로 가기가 일쑤였다. 그녀의 손이 닿아서 반듯해지고, 구김살이 없는 것이라면 무조건 흩뜨리고, 구겨놓았으므로 그녀의 매질은 더욱 더 잔혹성을 띠게 되었고, 급기야는 나의 대퇴부 근육신경을 파열시켜 봉합해야 하는 사태까지 벌어졌지만, 그녀의 발작과 매질이 결코 줄어든 것은 아니었다.

다만 그녀의 이유 모를 발작이 간질이라는 일종의 질환

임을 안 것은 여고 3학년 때 옆자리에 앉은 짝의 똑같은 증세를 보고난 후였다.

반 친구들은 짝의 분별 없는 망측한 행동에 괴성을 지르며 달아났지만 난 짝의 비틀어지고 오그라드는 팔 다리를 주무르며 허리까지 치올라간 치맛자락을 내려 주었고, 거품을 내뿜으며 깨물어대는 혀에다 손수건을 물려주었던 것이다. 그 일이 있은 후에 내 짝은 나에게만 무척 사근사근하게 굴어 연한 뱃속처럼 대해 주었지만, 다른 아이들에게는 갈수록 난폭해졌으므로 우리 주위에는 아이들이 몰리지 않았다.

그러나 짝은 여름을 넘기지 못하고 학교를 그만두었고, 후에 쥐약을 먹고 죽었다는 소문만 아이들 입으로 떠돌았는데 그게 사실인 지 어떤지는 몰랐다.

다만 난 졸업할 때까지 짝의 빈 책상만 지켜보며 암울한 시간을 보냈던 것이다. 어쩜 이 암울한 시간들은 그녀에게 품고 있었던 절박감과 동일한 것이었는지도 모른다.

내가 그녀의 정지해 버린 동공을 쳐다보고 있노라면 견디기 힘든 절박감이 덮쳐왔고 이것은 피할 수도, 건너갈 수도, 그렇다고 해서 돌아갈 수도 없는 늪지대와 같은 내

운명이라고 단정지었다.

그녀는 종종 나에게 임신중독으로 인한 자간(그녀는 결코 간질이라든지 지랄병이라고 하지 않고 항상 '자간'이라고 말하고는 미소를 지었는데 마치 자간은 간질이라든지 지랄병과는 다른, 병이 아님을 이야기하는 것 같았다. 그렇다고 해서 그녀가 의학에 별 다른 상식이 있는 것도 아니었지만 간질에 대해서만은 전문적인 용어까지 낱낱이 알고 있었으며, 의사가 한 번 지시한 사항은 잊지 않고 지켜서 그녀의 하루 중 최대 일과는 시간 맞춰 약을 먹는 일이었다. 그녀만큼 의사의 말에 절대적으로 복종하며 주어진 삶에 긍정적인 환자는 없었을 것이다. 그것은 숭고한 삶의 그 자체였다)이라고 나에게 구구한 변명을 달아서 설명하려 들었지만 난 그것을 믿지는 않았다.

왜냐하면 나에겐 내가 태어나기 이전부터 아버지가 없었고, 그 아버지는 나의 의식 속에 죽지도, 살아있지도 않았으므로, 그녀의 병은 그녀만의 천부적인 것이었다.

그녀와 나 사이에는 때리고 맞는 것으로 모든 의사와 애정이 전달되었으며, 또 한편으로는 때리고 맞는 일로 하여 혈연관계마저 봉쇄시켜 갔다.

그러나 나의 운명은 이것으로 간단히 막을 내려주지 않았다.

운명은 나에게 좀 더 많은 중량을 부과하여 나를 더 깊은 눈 속으로 빠뜨리고 있었던 것이다.

딱정벌레처럼 밤낮으로 파고들었던 나의 학과 실력은 꼭 무엇이 되어야겠다는 목적의식도 굳히기 전에 학력고사 점수 순위대로 의과대학에 들어갔고, 의과대학에 들어감으로 해서 비로소 허상에 가려진 그녀의 실체에 대해 제대로 눈을 뜨기 시작했던 것이다.

그래서 난 끝없이 흔들리고 흔들려 뿌리조차 내 뽑히고 있었다.

저만치서 모래성을 쌓으며 신발을 벗어 밀려오는 바닷물을 떠다 부으며 아이들이 놀고 있었다. 그러다가 갑자기 아이들이 모래사장을 가로지르며 뛰기 시작했다. 아이들의 모습이 점점 가까워졌다. 그들은 건강하고 밝은 육체를 가지고 있었다.

바람이 불어와 혁수의 머리카락을 날렸다

"지난 해 유교수님이 인격의 황폐까지 초래하고 만다는

수많은 종류의 정신병에 대해 열을 올려 강의할 때, 섬칫해오는 가슴의 통증을 가눌 길이 없어 오후에 있었던 미생물 실습 네 시간을 몽땅 빼먹고 집으로 돌아오고야 말았어요.

굳이 유교수님의 강의를 빌리지 않더라도 그녀는 환경이 빚어 낸 정신적 착란을 반복하여 일으키고 있다는 걸 부인할 수 없더군요.

물론 유교수님 강의를 듣기 전에는 난 그녀가 단순히 이성보다 감성이 우위인 여자로만 알았지, 그것을 규명해서 어떤 치료책을 강구해야겠다는 해박한 견해는 갖고 있지 않았어요.

길을 가다가도 누워야겠다는 생각이 들면 차도 위에서 누워버리곤 했지만 그걸 욕구의식이 강한 것, 그 이상은 생각하지 못했더랍니다.

그런데 유교수님의 강의는 바로 나의 이런 둔감한 뒷통수를 적나라하게 쳐주었던 거죠."

"그 후 병원에는 가 봤어?"

"아뇨. 필경 그녀에게 내려질 처방은 세상으로부터 격리되어야 한다는 것일 거예요. 그것은 그녀에게 지독한 형벌이라고 생각되었어요.

차라리 나의 살이 터지고 나의 근육 신경이 파열되는 게 낫지 더 이상 그녀를 애정이 결핍된 삭막한 상황으로 밀어 넣을 수는 없는 거예요. …엄마가 무엇인 줄 아세요?"

"아니, 어머니와 살아보지 않아서 실제로 어떠한 지 몰라. 하지만 무당같다고 생각해. 아버지에게 주술을 걸어 놓는 무당.

어머니가 돌아가시자 아버지는 거의 폐인이 되어 버리셨어. 병원문은 내려지고 의료기구는 녹이 슬고. 아버지는 빈 진료실에 앉아 술과 담배로서 남은 여생을 보내시고 계셔.

아버지가 장래가 촉망되는 의학도였다는 것도 고모님한테 들었지, 나에겐 기억되고 있는 것은 아니야. 나에게 있어 어머니는 단지 무당일 뿐이야."

"그렇군요. 그러고 보니 그녀도 무당인 것 같아요. 나에게 주술을 걸어 놓은. 그래서 난 울지 못했던 가봐요. 눈물이 쉽게 흐르지 않았어요. 그녀의 주술에 걸려들었나 봐요….

아무튼 그 해 난 학교를 일 년 쉬고 말았어요. 처음에는 영원히 때려치워 버릴 작정이었지만…, 그 일도 쉽지 않더군요."

멀리 수평선 너머 한 척의 배가 떠오르고, 머리 끝이 하늘을 향해 쭉쭉 뻗은 혁수가 어른거렸다.

그것은 순전히 나의 상상력만으로 살이 찌고 커온 무당 같은 어머니의 모습이었다.

어머니는 대나무를 흔들고 방울을 울리며 장대같은 빗물을 나의 삶의 공간에다 뿌리고 있었다.

그녀는 결코 자신의 과거를 이야기하거나 넋두리하지 않았다. 현재 살아가고 있는 방도에 대해서도 말하지 않았다.

그리고 우리는 경제적으로 궁핍하지 않았고, 아버지가 없는 것이 오히려 자연스러운만큼 자연스럽게 그녀의 수중에 돈이 있었다.

그렇다고 해서 그녀가 하는 일이 따로 있는 것도 아니었다. 그녀가 하는 일은 발작을 일으키거나 병원을 다녀와서 시간 맞춰 약을 먹는 일 뿐이었다.

그녀는 의사가 두 개의 얼굴을 가지고 있음을 알지 못했다. 그녀는 의사가 그녀의 생명을 보증하고 있다고 믿고 있어서, 의사가 지시하는 일 이외에는 움직이거나 사고하려 들지 않았다.

꼭 한 번 딴 일을 한 적이 있었는데 잡지책 속에 나온 봉고나인을 보고 운전을 배운 일이었다. 서너달 정도 다녔으나 면허증은 따지 못했다.

그러나 그녀는 운전 면허증 따위에는 별반 관심도 없는 것 같았고, 다만 자신이 자줏빛 봉고나인을 몰 수 있다는 사실에 대해 큰 희열감을 느꼈는 지 며칠 동안은 잠까지 설치는 것 같았다.

그녀는 운전을 배우면서 일어났던 일—심지어 말다툼까지도—만은 두고두고 얘기했다.

그녀는 대체로 입을 굽게 다문 채 부자연스러운 자세로 몸을 벽에 기댄 채 앉아 있는 시간이 많았다.

그렇게 넋을 빼고 앉아 있다가도 불현 듯 생각이 난 듯이 나에게 달려들어 나의 다리며, 목덜미를 물어뜯거나 닥치는 대로 던지고 때렸다.

거의 대부분은 그녀가 하는 대로 내버려 두지만, 옷이

찢긴 채 신발조차 제대로 찾아 신지 못하고 대문 밖을 뛰쳐나온 적도 간혹 있었다.

내가 대문을 열고 나가면, 그녀도 언덕 아래까지 따라 내려오기가 일쑤였고 다람쥐처럼 달아나는 내 등 뒤에다 대고 짐승처럼 울부짖었다.

가끔씩 그녀가 여름비 마냥 없어져 주기를 바라는 마음에서 모르핀이 든 정맥주사를 놓아주었던 적이 있었다. 처음에는 나 스스로 그녀의 난폭한 행위에서 벗어나기 위해 주사해 주었지만, 나중에는 그녀가 더 그것을 원했고, 나 또한 거부하고 싶은 마음이 없었으므로 주사해 주었다. 그녀는 내가 놓아주는 주사가 의사의 지시만큼이나 자신에게 유효한 약인 줄로 알고 있었는 지, 일정한 시간을 정해놓고 주사해 줄 것을 요구하기도 했다.

희미하고 혼동되는 몽롱한 의식 상태에서 풀려내리는 그녀의 무표정한 얼굴을 지켜보며 괴로움보다 차라리 안도감을 느꼈다.

그 당시 나의 말초신경은 모두 괴로움으로 마비되어 있는 탓이었는지 진정한 괴로움도 괴로움으로 느껴지지 않았고, 나의 특징이라고 할 수 있었던 몇 가지 자잘한 버릇마저 말소되어 가고 있었던 것이다.

우선 빈틈없이 빽빽한 학교 수업에 대해 권태와 무력감이 일어나서 수업에 빠지는 일이 다반사였다.

그때까지만 해도 나를 지탱해온 것은 학교 수업이었고, 학교만이 나의 유일한 피난처로 존재하고 있었다.

대학교에 진학할 때만 해도 난 여름날, 길 잃은 나그네가 소낙비를 긋기 위해 처마 밑으로 찾아들 듯, 진학이라는 빛 좋은 처마 밑으로 피해갔던 것이다.

그러므로 학교 수업에 불참하는 불량한 태도 따위는 바로 자신을 파멸로 치닫게 하는 극단적인 행위였으므로 난 학교에다 휴학계를 제출하고 말았다.

말이 휴학계였지, 학교를 영원히 이탈하려는 의도가 다분히 있었는데 아무도 나를 말리는 사람도 없었고, 이유를 물어주는 사람도 없었다. 그렇다고 해서 내게 달리 가야할 곳이 있는 곳도 아니었다.

그야말로 세상 사람들로부터 주시 당하지 못하는 소외된 인간이 바로 나였던 것이다.

난 아침마다 집을 나서서 한낮에도 차가운 별들이 수없이 머리 위에 떠 있음을 느끼며 낯선 거리를 방황했고, 밤에는 술집에서 전자기타를 두드리며 노래를 불렀다.

나잇살 먹은 사내들은 술에 만취되어,

"병신 주제에 노래는 잘하는군!"

으로 말문을 열면서 술잔을 비워 대었고,

"병신 주제에 얼굴은 타고 났구먼!"

이란 우스개 소리로 끝을 맺으며 술잔을 돌렸다.

'병신'이라는 어휘는 곧 그녀에게로 향한 분노를 질풍처럼 몰고 왔다.

그 때만큼 나 자신이 '병신'임을 뼈저리게 체감된 적도 없었다. '병신'이란 말을 불에 태워 말소시킬 수 있는 방법이 있었다면 기꺼이 그 방법을 택하여 실행에 옮겼을 것이다.

내가 듣는 '병신'소리는 '병신'답게 나를 흥분시켜서 비누 거품처럼 쉽사리 삭혀지지 않았다.

그 치들은 그녀와 내가 살고 있는 대리석 집에서 한 번도 본 적이 없는 남자들의 어두운 면을 적나라하게 보여주었고, 병신, 노래, 얼굴을 들먹거리며 나의 잔을 채우고 또 채웠다.

그 치들은 내 앞에 놓인 잔을 채우며 혀가 말리는 소리로,

"왜 사느냐?"

고 물어 오기가 일쑤였다. 비록 취중에 내뱉은, 일말의 가치조차도 없는 물음이었지만, 매 번 나로 하여금 주체하기 힘든 고독감을 떠안겨주었다.

그럴 때마다 난 숨넘어가는 탁한 음색으로 꺼억꺼억거리며 울었고, 노래를 불렀다.

그 치들은 히히덕거리며 나의 가슴께로 서슴없이 지폐들을 쑤셔 넣었다.

내 눈에 비친 그 치들의 모습이란 병균이 덕지덕지 붙어 파먹히고 있는 심장과도 같아 보여, 그 치들이 쳐주는 박수에서는 소리를 들을 수가 없었다.

그러나 인간의 감정이란 묘한 것이어서 그 치들 중에서 한 사람을 선택해서 연애하고 싶은 마음이 들었다.

솔직히 말해서, 난 지독히도 연애가 하고 싶었다. 어찔어찔한 신열에 시달리면서도 내 눈 앞에 닥쳐 온 혜성같은 남자 앞에서 애정을 구걸하며, 두고두고 연애가 하고 싶었다.

나이 많은 아저씨도 좋았고, 건강하지 못한 사랑이라도 좋았다. 그녀와 단 둘이만 살아 온 세상을 피할 수만 있다면 용기있게 연애를 할 수 있을 것도 같았다.

그래서 지금보다 햇살이 더 많이 비추이는 세상, 색깔이 덜 바래진 산뜻한 세상에서 한 순간만이라도 살고 싶었던 것이다.

그러나 나의 이런 치졸한(실제로 치졸했는지는 모르겠지만) 바람은 또 다른 종류의 생채기만 남겨주었다.

술집에는 내 노래 실력에 감동을 곧잘하는 손님이 와 있다. 내가 살아 온 인생의 두 배하고도 다섯 해를 더 살은 사내였다.

그는 손을 뻗치기만 하면 나 따위는 쉽게 붙잡을 수도 있다고 생각했음인지 강하게 당기지도 않았지만, 부처의 가운데 토막처럼 냉랭하게 밀쳐내거나 거부하지도 않았다.

그 남자의 속마음을 다 짚어 헤아리지도 못한 채 나 스스로 그의 손을 당겨 내 몸에다 그 남자의 지문을 남겼다.

그 남자는 두툼한 돈 봉투를 들고 거의 매일을 찾아왔다.

두툼한 돈 봉투만큼이나 그 남자의 정도 단단하고 두툼할 것이다라고 판단되어, 정을 받는 것처럼 돈도 받아두었다.

그 남자 품에 안겨 있을 동안 나는, 그 남자의 와이셔츠를 다리고 싶다는 생각과 그 남자의 애기를 낳아 아버지 노릇을 잘 해내는 얼굴이 보고 싶다는 생각을 했다.

아침에 일어나면 그 남자는 푸카푸카 소리를 내며 양치를 하고, 성큼성큼 걸어서 화장실을 다녀오고, 내가 가져다 놓은 조간신문을 펼쳐 들면서, 내가 입고 있는 벽돌색 털 스웨터에 입을 맞추어주는 일 따위는 내가 아직 구경해 보지 못한 소설 속의 이야기가 아니었든가. 이런 생각을 하며 난 그 남자를 만났다.

그러던 어느 날, 내 살 속에 생명이 잉태되고 있음을 알았을 때 그 남자의 발길은 끊어졌고 낯선 여자가 찾아왔다.

그 여자는 스스로 지칭한 '배운 여자'답게 세련된 발화법으로, 셋이 더불어 사는 여자가 얼마나 외롭고 고독한 여자인가를 이해시키려고 했다.

셋이 더불어 사는 여자는 양지를 구경할 수 없으며, 둘이 사는 여자보다 배로 인종하며 기다려야 하고 자신의 주장이나 위치, 그림자 따위는 드러내서도 안되는 것이며, 많은 눈물을 흘릴 자격만 주어진다고 했다.

그 여자는 나더러 셋이 더불어 살기보다는 차라리 혼자 사는 여자쪽을 택해서 양지로 나아가 마음껏 자신의 그림자를 만들어 보라고 했다.

해박한 견해를 가진 그 여자에게 미안하기도 했지만 무엇보다도, 세련된 발화법을 만들어 내는 치음에 난 설복당하고 말았다.

그 남자에게 가졌던 좋은 감정과 희망들을 갈갈이 찢으며, 그 여자에게서 받은 돈으로 내 살 속에 뿌리 내리고 있는 생명을 지웠다.

"태어나지 말아라. 태어나지 말아라, 태어나지…"

하얀 침대 위에 누워, 쇠가 부딪치는 소리를 들으며 난, 죽어가는 생명에게 되뇌였다.

그 남자는 내가 원하는 것이 무엇이었는지 제대로 알지 못하고 나를 버렸지만, 난 그를 쉽게 버리진 못했다.

매일 그 남자의 이름을 종이 위에다 적어 놓고 한 번쯤 그 남자가 와서 박수를 쳐주기를 고대하며 노래를 불렀으나 그 남자는 오지 않았다.

배운 그 여자는 나를 '병신'이라고 말하지 않았지만, 돌아오지 않는 그 남자는 나를 완전히 '병신'으로 만들어 놓았던 것이다. 왜냐하면 처음부터 그 남자는 돌아올 남자가 아니었고, 내 노래에 감동할 줄도 모르는 남자였기 때문이다.

그 남자가 오지 않는 술집은 공허했다.

지나버린 날들은 어떻게든 접어둘 수 있었지만 닥쳐올 새 날이 두려워 난 점차 '고독'의 수렁 속으로 빠져 들어갔다. 난폭하게 방황하며 좁은 맥주잔 위에서 표류하였다.

표류하다 밤 늦게 돌아오면 그녀는 라일락 꽃이 곱게 피어있는 구석진 마당에다 나의 옷가지며 책들을 끌어내어 불을 지펴 놓고서 웃고 있었다. 활활 타오르는 불꽃에 투영된 그녀의 모습에는 알 수 없는 상념들이 점조직처럼 일어나 거기에 심취되어 있는 듯 보였다.

이러한 그녀의 행동 반경에 진저리를 치며 먼길을 떠나 보기도 하고, 며칠 씩 집을 비워보기도 하며 때론 술병에 코를 박고 정신을 잃어보기도 하지만 결국 난 또 다시 그녀가 그어 놓은 그녀의 행동 반경 안으로 되돌아와, 그녀의 어린애다운 제멋대로의 교만함에 붙들리어, 그녀의 작태를 보아야만 했다.

그녀는 나에게 최소한 거짓 행동을 보여야 한다는 필요

성을 느끼지도 않았지만, 내 앞에서만이 그녀의 머리에 떠오르는 생각은 무엇이나 행동으로 표현할 수 있다고 생각하는 것 같았다.

그녀의 행동에는 균이 서식하고 있었다. 알 수 없는 그녀의 분노와 증오, 불타는 듯한 복수심, 끓어오르는 원한의 빛들이 번식력이 강한 균들처럼 서식하고 있었던 것이다. 그녀는 적어도 균이 자라지 못하는 내일 따위는 꿈꾸지도 않았다.

비록 나의 생활이 그녀에게 서식하는 균들에 의해 파먹히는 나날이었지만 난 그녀가 죽기를 바라지는 않았다. 단지 가능하다면 죽지 않고 하늘로 훨훨 올라갔음 좋겠다는 환상을 늘 가지고 있었다.

그러나 대개가 그렇듯이 환상은 좀체로 상식을 뛰어 넘어 주지 않았다.

내가 그녀의 거칠고 무분별한 행동에 순종하였다면 그것은 비 자발적인 방법으로 자발적인 순종이 되는 셈이었고, 그녀의 균이 자라고 있는 행동에 거역하였다면 그것은 자발적인 방법으로 비 자발적인 반항인 셈일 것이다.

그러나 내가 어느 방편을 선택하여 생활해왔든 문제는

그녀와 함께 살아 온 난, 혁수가 아니었다는 점이다. 혈육이라는 미세한 기둥만을 붙들고 거친 강물을 타고 흘러온 피노키오, 사고와 감각이 박탈당해 버린 피노키오였다. 부딪치면 부서지고 수리하면 제대로 붙여질 수 있는 팔, 다리를 가진 게 바로 나였던 것이다. 그녀의 행동반경, 잠시나마 내 꿈을 실어 보았던 남자, 그리고 피노키오인 내가 뒤섞여 차차 고집해왔던 가치관, 세상에서 무엇이든 되고자 했던 어떤 집착 내지 공명심이 흔들리기 시작했다. 주위의 사물과 사람들이 내 시각과는 상관없이 굴절되고 혼란스러워지기 시작했다.

난 짧아진 다리만큼이나 퇴화되어 갔으며 그녀의 모든 행동은 나에게 기쁨 아니면 슬픔, 그 자체로 군림하여 왔다. 비참함이라든가 암울함과는 전혀 상관이 없다는 생각마저 들었다.

그러자 나의 생활과 나의 방황, 나의 사고가 부질없어 보였다.

그 여자가 나에게 쥐어준 돈은 상당했지만 그 돈이 요긴하게 쓰일 곳은 없었고, 난 단지 낯선 거리에서 방황하고 있을 뿐이었다. 난 술잔과 기타를 내던지고 일곱달 만에 술집에서 나와 하늘 위에 떠 있는 별들을 쳐다봤다. 별은 변함없이 빛나고 있었다. 오랜만에 맑은 정신으로, 그녀가 태워 버린 책들을 사러 다녔다.

확실히 이러한 나의 변화는 잘못된 시각에 기인하는 것은 아니었다.

원래부터가 그녀는 나에게 맞도록 형성되어 있어서 내가 단순히 독립적으로 행복하거나 안락할 수만은 없는 여자였던 것이다.

그녀 이외에는 나에게 맞는 세상이 없었다.

마치 그녀와만이 맞물려 돌아갈 수 있는 톱니바퀴처럼.

단절된 혈육의 아픔이 해일처럼 덮쳐 왔다.

손마디를 후두둑 꺾었다.

상황에 의해 항상 학대받고 주위에 있는 대부분의 사람들보다 훨씬 불행한 혁수에게서, 어떠한 젊음도, 활기도 없으며, 다만 소용돌이같은 과거만 남아 꿈틀거리고 있다는 생각이 들어 지독한 서글픔을 느껴야했다.

그러자 나 없이 살아 온 스무 해.

나와의 세계와는 그렇게도 무관하게 산 스무 해가 나의

발등 위에서 부서졌다.

"난 지금까지 내가 볕이 닿지 않은 습기 찬 땅에서만 살아왔다고 생각해요.

하늘로 훨훨 올라가 주지 않는 엄마, 그 엄마를 간단히 버리고 달아난 형체도 흔적도 없는 아버지, 그리고 영원히 자라지 않은 내 다리…."

"이제 그만하지, 알겠어."

혁수의 눈에서 눈물이 흘러내리고 있었다. 그 눈물이 끊임없이 솟아나는 곳에서 옹달샘처럼 맑고 순한 두 눈이 나를 올려다보고 있었다.

오히려 담담한 기분이 되었다. 지금의 혁수는 연인이라든가 친구의 모습은 아니었다. 이해성 있는 친절로 감싸주어야 할 연약한 아이에 불과할 뿐.

이토록 심약한 혁수가 어떻게 엄마 앞에서 자신의 긍지를 털어놓을 수 있으며, 침묵을 지키지 않을 수 있었단 말인가.

소금기가 담겨있는 갯펄내음이 코끝을 채며 지나갔다.

"우리가 처음 만났을 때 난, 참으로 행복한 여자라고 생각했어요. 두 번째, 세 번째 만났을 때도 그렇게 생각되었어요. 나의 고충을 쉽게 이야기할 수 있었으니까요."

"지금은?"

"지금은 그렇지 않을 수 있다는 기분이 들어요. 언젠가는 나를 버릴 것이라는 확신 같은 게 자꾸만 생겨나요. 왜냐하면 나는 상처나 불행 밖에 가지고 있지 않아서 그것 이외에는 줄게 없거든요.

그래서 나 스스로 알아서 서둘러 떠나주어야 하는데 결코 난 떠나려하지 않을 거예요. 그러니 어쩌겠어요. 내가 버림을 받아야지요."

"……"

무력함이 갑자기 풍선처럼 부풀어 올랐다. 그것은 가엾은 혁수를 짓누르고 있는 슬픔이나 절망을 덜어줄 수 없는 무능력과도 같았다.

혁수가 내 가슴속으로 파고들었다.

"도와주세요. 이제 그녀는 죽을 거예요. 그녀는 상식을 초월해버린 나의 환상을 비웃으며, 타버린 심장 한 쪽을 부둥켜안고 의식 밑바닥을 헤매고 있어요. 달아나고 싶어요. 도와주세요."

"제발 그만해둬."

슬픔이라기보다 차라리 절망 속에서 허둥대는 혁수—혁수의 아픔, 혁수의 고통, 혁수의 출구 없는 애증을 더 이상 지탱해 낼 힘이 없었다.

나의 가슴팍에다 얼굴을 묻고 흐느끼고 있는 혁수를 내려다 보았다. 잡초가 무성하게 자라고 있었다.

물길질 나갔던 해녀들이 멀리서 돌아오고 있었다.

당장 혁수에게서 어떤 위로의 말도, 이해한다는 표정도 하거나 지을 수가 없었다.

잘못 자라난 영혼, 잘못 시작된 영혼, 균형을 잃은 여린 영혼 앞에 사랑이라든가, 이해라는 말로 명명한다면 한갓 어리석은 자아도취에 불과할 것이다.

다만 까닭을 분명히 헤아릴 수 없는 이 형극의 나날들을 혁수가 헤쳐나가는데 조금의 도움이라도 된다면 비록 희망이 없는 연애일지라도 새롭게 시작하고 싶을 따름이었다.

논둑길을 걸어서 광천역에 갔다.

혁수를 데려가야 할 곳이 생각나지 않았지만 나를 딛고서라도 달아나야겠다는 혁수의 의지를 꺾을 수는 없었다. 역 구내에서 기차가 지나가는 안내판을 들여다 보았다.

삽교를 지나 가까운 곳에 절이 있었다. 혁수를 부둥켜안으며 삽교까지 가는 마지막 열차에 올랐다.

역 구내 매점에서 산 2홉들이 소주병 마개를 따서 혁수와 난 조금씩 마시기 시작했다.

여름날 긴 장마가 시작되려는 듯 차창 밖에는 제법 빗줄기가 굵은 비가 내리고 있었다.

식도를 넘어가는 탁한 알코올의 독성을 음미하며, 이대로 가을을 재촉하는 우기의 어둡고 긴 터널을 지나갔음 좋겠다는 상념이 이름 모를 꽃잎처럼 피어났다.

차창에 와 부딪치는 빗방울이 혁수의 머리꼭지 위에서 물보라처럼 일었다. 혁수는 눈물에 취하고, 술에 취해서 눈자위가 퀭하게 꺼져 초췌하게 보였다.

삽교역에 내리니 어둠은 꽤 짙게 깔려 있었다. 우리는 또 다시 예산까지 가는 버스를 탔다. 텅 빈 버스 속의 우리 둘은, 존재하기에도 너무나 작게 느껴졌다. 난 혁수를 으스러지게 껴안으며 나의 뜨거운 뺨을 혁수 뺨에다 문질렀다. 말이 없는 혁수는 죽음을 기다리는 노인네처럼 불안정했다. 나의 거친 뺨에는 혁수의 체온만큼이나 따뜻한 눈물이 묻어났다. 버스가 덜컹거리자 졸고 있던 안내양이

화들짝 놀라 깨며 우리가 앉은 쪽을 돌아봤다. 난 혁수를 더욱 더 바싹 껴안지 않으면 안되었다.

S사 입구에서 노스님을 만나 선수암까지 오니 자정이 거의 다 되어가고 있었다. 노스님은 의외로 우리에게 친절하였다.

지저분한 정신을 정리도 못한 채 우장으로 몸을 두른 두 남녀의 침입자에게서 지난 날의 혁수처럼 목적지도 없고 만날 선각자도 없음을 직감했음인 지 가슴 한복판에서 화끈하게 일어나는 온기로 우리에게 손수 잎 차를 끓여 주셨다.

"마셔들 보게나. 불안한 마음들이 다소 안정될걸세."

혁수는 스님이 손에 쥐어주는 투박한 다기를 맞받으며 심장이 타버린 엄마가 무섭다고 울음을 터뜨렸다.

혈관 속을 떠다니는 한 방울의 피처럼 혁수의 소담한 눈망울에서 붉고 넙죽한 갈잎들이 철철 흘러내렸다.

"산다는 게 바로 고해거든. 쉽게 살아갈 수 있는 방법을 누구나 알지는 못해. 혹 쉽게 사는 사람이 있다면 그건 착각이야. 사는 게 무엇인지 모르는 사람이고.

여긴 면벽하는 수도승만 여름, 겨울에 두 차례씩 들르

고는 통 사람이라곤 얼씬거리지 않아.

마음이 안정될 때까지 푹 쉬었다 가도록 해요. 너무 집착하지 말고. 너무 강한 집착은 때론 병을 낳지. 그건 치유하기가 힘들어. 사는 데는 순리라는 게 있거든. 순리를 역행할 수는 없는거야."

스님은 목에 걸고 있던 염주를 벗어 혁수의 목에다 걸어 주고는 찻주전자와 차통을 그대로 남겨둔 채 나갔다. 빗속에 둔탁한 스님의 발자국 소리가 아늑하게 들려왔다.

혁수가 등잔불을 껐다. 불이 꺼진 여닫이 문에 낡은 산사의 풍경이 타다 남은 등잔불의 심지처럼 아롱거렸다.

날씬하고 얇은 혁수를 껴안고 어두운 암자 골방을 뒹굴었다. 혁수의 매끄러운 살갗, 탄력 있는 피부가 말랑말랑하게 와 닿았다. 내가 혁수를 사랑하고 내가 원하는 것은 혁수 뿐이어서, 평생 혁수 곁에 머물기 위해서는 어떤 희생이라도 치러야겠다는 오기가 불끈 치솟았다. 나의 살갗이 혁수의 살갗보다 더 강인하고 두꺼웠으므로 충분히 그럴 수도 있을 것이다.

말랑말랑한 촉감과 오기로 뒤섞인 밤은 짧게 지나가 버렸다.

그리고 이튿날 서둘러서 대구에 내려와 병원에 도착했을 때 이미 그녀는 유해안치소로 보내진 뒤였다.

천막이 쳐진 유해안치소에 이르자 혁수는 당황했는지 분양도 하기 전에 횡설수설하기 시작했다.

"엄마는 입을 다물고 부자연스러운 자세로 오랜 시간을 앉아 있어요. 그러다가도 문득 생각이 난 듯이 의자를 집어들어 나의 허벅다리께로 던졌어요. 그리고 이리처럼 달겨들어 나의 목덜미를 깨물었어요. 난 견딜 수가 없어서 엄마한테 모르핀이 든 정맥 주사를 항간질제라 속이고 놓아주었던 거예요. 엄마를 아편 중독자로 만든 건 바로 나예요.

그 뿐인줄 아세요. 엄마가 열심히 먹어대는 약을 쓸어내버린 적도 몇 번 있어요. 난 그녀가 약을 마치 눈이 나빠서 안경을 쓰고, 귀가 어두워 보청기를 끼듯이 별 불평없이 복용하는 게 마치 나에게 매질을 하기 위해 몸 보신하는 것쯤으로 생각되었던 거예요.

간질이 유발될까봐 소식하는 그녀가 미워서 걸신들린 여자처럼 그녀 앞에서 밥을 먹어대었어요. 그녀를 비웃었던 거지요. 이런 혁수를 생각해보지 않았지요?"

혁수는 괴로운 듯 히말야시다 둥치를 쓸어 안고 볼을 문지르며 울부짖었다. 혁수의 얼굴은 순식간에 상처투성이가 되어 핏물로 얼룩졌다.

“아무도 몰라요. 내가 얼마나 담배가 피우고 싶었고 술에 만취된 생활을 하고 싶었는지. 그녀가 살아있음을 떨쳐 버리기 위해서 난 서슴없이 춤을 추었고, 기타를 두드리며 노래를 불렀던 거예요. ……흑흑

이제 내가 그녀를 이해하고 적당히 사랑하려고 할 때 그녀는 나를 간단히 가해자로 만들어 놓고 가버렸어요.

그녀가 죽음으로써 나를 이처럼 슬픔의 커다란 수렁 속으로 밀쳐 버렸던 거예요.”

혁수의 울부짖음은 불안한 평행선을 무궤도하게 달려온 기차가 선로를 이탈하여 천길 낭떠러지 아래로 떨어지는 괴음과도 같았다.

이것은 분명 혁수의 나이에 익숙치 않은 엄청난 횡포였다.

햇살이 내리쬐이는 쪽을 향해 일어섰다. 파노라마처럼 펼쳐지는 울부짖음에서 설원을 몰아치는 바람 냄새가 났던 것이다. 북극 어디에선가 날아온 듯한 차가운 여자. 도

대체 이 여자는 엄청난 횡포만큼이나 건강한 육체를 가질 수는 없는 것인가. 하다 못해 쇠힘줄처럼 질기고 무딘 신경이라도 지녔더라면 지금의 상황보다는 조금 더 나을지도 모르지 않은가.

충격이 한꺼번에 구겨놓은 혁수의 어깨 위에 손을 얹었다.

그러자 맥락도 없었던 혁수의 일상 생활들이, 풀신한 먼지처럼 뒤죽박죽 섞여 혁수를 묶었던 오랜 시간들이 흩어져 가고 있었다.

이제 혁수에게 있어 피안의 세계는 어디에도 남아있지 않았다.

설혹 남아있다 하더라도 그것은 혁수로서 도달하지 못할 환상의 피안일 뿐. 모든 참혹한 화살은 혁수에게로 되돌아오지 않았던가.

이제 절망은 필요하지 않았다.

비록 한쪽 발로 뛸 수 없는 세상이지만 혁수가 만들어 내는 작은 손안경으로나마 세상을 얘기할 수도 있지 않겠는가.

보이는 세상이야 좁지만 수평선 멀리, 포말로 부서지는

파도를 가르며 실려오는 갈매기의 은빛 꿈이 혁수를 기다리고 있을 것이다.

애당초 꿈꾸었던 가능성은 아니었지만 쉽게 안주할 수 있도록 내가 도와주리라.

하룻밤의 풍요로 영원한 안식을 안겨주리라.

관머리를 붙들고 염주를 쉼없이 굴리며 울고 있는 혁수를 일으켰다. 손 때가 묻은 염주알이 햇볕에 반짝거렸다.

"잊어버리도록 하지."

그의 노트를 읽느라 늦게 든 잠은 늦게 깨었다.

눈이 뜨이자 바로 그가 누워있는 쪽으로 돌아보았다. 지난 밤에 그의 몸은 몹시 뜨거웠고, 호흡이 빨랐으므로 오늘은 어떻게 하든 삽교까지 나가서 해열제라도 사다 주어야겠다고 생각하면서 잠이 들었던 것이다.

그러나 그의 머리맡에 보지 못한 약병과 물컵이 뒹굴고 있었고 단내음을 풍기며 거칠게 헐덕이던 호흡은 더 이상 내쉬지 않고 있었다.

황급히 이불을 걷고 일어나 그의 가슴에나 귀를 대어보았다.

심장 뛰는 소리가 들려오지 않았다.

동자가 어느새 노스님을 모시고 왔다.

노스님은 별말 없이 그의 맥을 짚어보더니, 비뚤어진 그의 머리를 반듯하게 누이고 팔과 다리를 바로 폈다.

그리고 홑이불을 내려서 그의 대리석처럼 차가운 얼굴을 가리듯 덮었다.

동자가 나가서 목탁을 들고왔다.

노스님은 카랑카랑한 음성으로 목탁을 두드리며 짧게 경을 읽었다. 낭랑한 스님의 경소리에도 불구하고 그는 기척도 없이 누워 있었다.

동자는 그가 지난 밤, 자기에게로 와서 물을 한 컵 떠달라고 했다는 것이다. 그 때 그의 모습은 꼭 죽은 사람처럼 으스스해서, 아침 공양을 마치고 노스님을 모시고 왔다고 했다.

내가 잠이 든 사이에 그는 다시 일어났음이 틀림없었고, 추스르기도 힘든 몸으로 물을 뜨러 갔었고, 그리고 빗길을 되돌아와서 약을 먹은 모양이었다.

그가 먹고 남긴 약병을 집어들어 남아 있는 캡슐 한 정을 꺼내보았다. 세포랄(seporal)이었다. 그가 상습적으로 이 약을 복용해 왔는지는, 모르겠지만 단순히 잠을 청하기 위해서 먹은 것 같지는 않았다.

허무한 감정이 밀려왔다.

굳이 인생을 빈 수레에 비유하지 않더라도 하룻밤 사이에 그의 모든 것을 정리해 버린 그의 죽음은 인생이 얼마나 덧없는 것인가를 꾸밈없이 보여주고 있었다.

밖에는 어느 새 비가 그치고 햇살이 환하게 비추고 있었다.

노스님은 곧 다시 오겠다며 동자를 데리고 나갔다.

이불 밑으로 손을 집어넣어 그의 손을 잡아 보았다. 그의 손은 딱딱했지만 아직 온기는 남아 있었다.

그는 역시 삶이 죽음보다 더한 고통이라고 생각하며 죽음을 선택한 모양이었다. 혁수의 모습이 마른 가지처럼 떠올랐다.

내가 여기까지 온 것은 단지 죽음이라는, 극한 상황이 가져다 줄 최악의 결과를 잠시나마 유보하고자 하는 마지막 아집이었는데, 그 아집조차도 그가 먹은 세포랄 몇 알로 산산히 부서지고 있었다.

혹 연락처라도 있을까하여 그의 소지품들을 뒤적여 보

았으나 그가 지니고 있었던 것은 대학노트 한 권과 검은 볼펜 한 자루, 몇 개의 고체 연료, 먹다 남은 라면 부스러기, 그리고 상표가 떨어져 나간 몇 종류의 약병들 뿐. 그의 죽음을 알려주어야 할 곳은 어디에도 없었다.

물론 지난 밤 그의 노트 속에서 그가 내내 지칭하고 있었던 물같은 '그녀'의 흔적도 구체적으로 남아 있지는 않았다. '그녀'는 그냥 '그녀'로 대학노트에 남아있을 뿐이었다.

필시 그가 살아있을 때는 스스로가 이 거대한 세상 속에다 '그녀'를 잠재우고, '그녀'의 달콤한 잠을 위해 세상을 도는 위엄있는 파수꾼이라고 생각했을 것이다.

그러나 그 스스로 삶을 포기한 지금, 그가 살아온 짧은 인생은 이 거대한 세상으로부터 서서히 떨어져 나가, 마침내 '그녀'는 그가 파수꾼이었다는 사실조차도 망각한 채 또 다른 파수꾼을 데리고 와서 순라를 돌게하고 달콤한 잠을 청할 것인가.

이는 그가 삶을 포기한 댓가요, 어쩜 '그녀'가 원하는 '그녀' 나름대로의 삐뚫한 사랑일 것이다.

어제 읽다 만 그의 노트를 펼쳐보았다.

그가 약을 먹고 난 뒤에 쓴 듯한 글씨가 삐뚤삐뚤하게 적혀있었다.

삶의 마지막 날 밤.

손거울 속에 비친 내 모습을 보았습니다.

산다는 것에 별 의미를 느끼지 못하고 있었습니다만, 분명한 것은 어둠이 무너져 내린 진실의 근원 속으로 어느 샌가 바람이 일어 조각난 상념들이 날아가고,

바람이 밟고 간 자리에서 그녀는 거울에 담긴 내 작디작은 소망의 의미 또한 알지도 못한 채 돌아서 있다는 점입니다.

그래서 상처같은 시간의 파편 속으로 나는 퇴적되어 가고 있습니다.

나의 죄가 깊고 깊은 나머지, 뒷모습을 보이고 있는 그녀에게, 한 잔의 술을 권하고 싶어 술을 따라 보지만, 그녀는 내 마음에 생긴 물집을 툭툭 터뜨려도 닿지 못할 그녀의 눈물에, 향기처럼 내리고 싶어하는 나의 미련으로 구토증을 일으킬 것이 분명합니다.

나는 알고 있습니다.

그녀가 원하는 술잔이 무엇인가를. 그러나 난 그녀에게 이별을 담은 술잔을 권하고 싶지는 않았습니다.

아아, 누군가 사랑은 지혜이고 철학이며, 상념과도 같이 반짝이는 세계라 했습니다만,

내가 우연처럼 사랑하게 된 필연을 어찌 그녀가 다 알겠습니까? 하지만,

6년이나 몸부림치며 가슴 조여온 긴 사랑에 종말을 고하던 날,

그녀에게 길고 긴 사랑의 편지를 쓸 것을 맹세했습니다.

결코 공허라고 단정 지을 수 없는 해묵은 상념들을 끄집어내어,

그녀 가까이, 가까이에서.

가장 아름다운 모습으로 이별의 아픔으로부터 벗어나기 위해,

나의 고뇌의 눈물을 닦고 싶습니다.

그리하여,

그녀가 어느 새 나를 외면하고, 타인으로부터 이 세상 사는 법을 배워갈 때, 호흡마저 어려운 나의 슬픈 천국에 그녀와의 사랑이 가득하게 하겠습니다.

산에 오고부터는 계속하여 쓸쓸한 바람이 불었다. 창변으로 흩뿌렸던 겨울비, 물방울, 성에, 환한 햇살, 엉켜붙어 내리는 주검 사이로 언뜻언뜻 비추는 혁수…

노트를 덮고 눈을 감았다.

혁수가 노란 꽃잎 속으로 흡수되어 갔다.

내 속 깊이 어디 쯤 혁수는 비집고 들어와 있는 것인가. 지나간 일들이 새롭게 떠올랐나.

그것은 관념적 변증법이나 합일이 아니라, 그저 승산 없는 게임을 지쳐 쓰러질 때까지 계속해야 하는 외롭고 지긋지긋한 투쟁같은 것이었다.

자유롭고 또 자유롭고 싶었던 욕망, 그러나 결코 나를 사랑하지 않았을 것 같은 혁수를 인종해야 했던 타동성. 혁수가 나에게 씌워놓은 예속의 굴레들을 끊고 도망쳐 버리고도 싶었지만 나에겐 그럴 용기조차 없었고, 또 그럴 만큼 혁수의 상황이 허술한 것도 아니었다.

무엇보다도 실수가 용서되고, 눈물이 용납되는 그런 스무 살의 혁수가 나에겐 필요했고, 그러한 혁수가 나에게 머물러 있어야만 했다.

그래서 이유 없이 달콤했던 혁수의 이기주의.

혁수가 나를 사랑하기보다는 연애만 하고 싶었다 하여도 나는 혁수를 사랑한 셈이었고, 내가 가진, 가질 수 있는 모든 시간과 공간을 주었던 것 같았다.

그것은 나의 진실이 갈 수 있는 또 다른 길이었을 것이다.

그의 소지품들을 정리하여 한쪽으로 밀쳐내고 나의 가방을 챙기고 있는데 노스님이 광목천을 안고 올라왔다.

"염을 하도록 해야겠어. 달리 연락할 곳도 없고. 여기 암자에 두는 게 좋겠지. 젊은이 생각은 어떻소"

논리나 이유가 필요 없는, 모든 절차를 훌훌 털어 버린 지순한 결론이었다.

그러므로 이유나 절차를 붙일만큼 불편하게 들리지도 않았다.

"그렇게 하시지요."

대답을 기대하지도 않았던지 스님은 벌써 그의 손톱과 발톱을 깎기 시작했다. 그리고 툇마루 위에 엉거주춤 서 있는 동자에게 물을 데워 오라고 일렀다.

배낭을 단단하게 조이고, 벽에 걸어 둔 잠바를 걷어 몸에 걸쳤다. 석달은 족히 머물겠다는 내가 사흘만에 떠날 채비를 서두르자 스님이 하던 일을 잠시 멈추고 잠시 동안 나를 지켜보았다.

오랜만에 푸근한 감정이 밀려왔다.

"그려 가보게나. 하지만 이것만은 명심해줬음 좋겠네. 어디를 가도 죽음은 피할 수 없는 거라네. 사람의 죽음은 사람이 거두어야지.

죽음이 견딜 수 없는 이별이라고만 생각하여 피해다닌다면 잘못이야. 어서 서둘러 내려가 보게나. 어정거리다 해빠지겠어."

더운 모래알같은 겨울 햇살이 스님이 입고 있는 먹물옷 위로 촘촘히 부서졌다.

어쩜 스님이 입고 있는 잿빛 승복처럼 세상은 검지도, 희지도 않은, 안개 같은 것인지도 몰랐다. 그래서 눈물처럼 아릿하고 짭쪼롬한 세상살이가, 때론 견디기 힘들어 슬쩍 피해보면, 그리움을 담뿍 담아놓은 저녁 노을과도 같이 성큼 눈 앞에 다가와 있어 되돌아가고 싶어지는 게 세상일 것이다.

김이 피어나는 물동이를 힘겹게 들고 올라오는 동자의 머리통을 한 번 쓸어주고는 암자를 나섰다.

흙덩이가 사각거리며 부서졌다. 산을 내려오니 역까지

가는 버스가 시동을 걸어놓고 있었다.

차창을 스쳐가는 풍경과 바람을 맞으며 앉아 있자니 내가 시리우스 별보다도 더 멀리, 더 아득한 곳으로 왔다가 되돌아 가는 기분이 들었다.

수염이 고슴도치처럼 돋아난 턱을 쓸어내리며 열차표를 끊었다.

잠시 내가 걸어 들어 온 역 입구를 되돌아 보았다.

이제 올 일이 없을 것도 같은 먼 서해 땅. 그곳에서 머물렀던 짧은 시간, 타인의 죽음, 죽음과도 같았던 몇 줄의 글귀들이 해일처럼 다가왔다.

"두고두고 연애하고 싶어요."

어깨죽지 밑으로 키득키득 웃음이 배어나왔다.

혁수가 두고두고 연애가 아니라 두고두고 결혼해서 살고 싶다 했으면 어떻게 되었을까?

혁수는 그녀를 화장해서 낙동강 하구가 보이는 원동으로 내려갔다.

나룻배를 타고 강물을 따라 가면서 재가 되어 버린 그녀를 뿌렸다.

그리고 한 줌 정도도 남겨서 강물이 와 부딪치는 모래

변에 묻고는, 두 손으로 꼭꼭 다졌다. 그 때 혁수는 울지 않았지만 슬픈 표정이라든가 애도의 말 따위도 하지 않았다. 학교로 되돌아와서도 그러했다.

내가 결혼해서 혁수의 남은 인생을 따뜻하게 해주어야겠다고 마음먹은 거와는 달리, 혁수는 인간이 가질 수 있는 모든 감정들을 낙동강 하구에다 버리고 왔던 것이다.

그러나 강변에다 묻고 온 그녀의 한 줌 육신이 청개구리처럼 마음에 걸리는 양 종종 원동에 데려다 달라고 했다. 그럴 때마다 혁수는 낙동강 하구가 범람하여 원동이 물에 잠겼다고 넋빠진 여자처럼 주절대었는데, 막상 원동에 데려다 주겠다고 일어서면 딴전을 피우곤 했으므로 열차로 1시간 남짓 밖에 걸리지 않는 원동에는 그 날 이후로 가보진 못했다.

수업을 마치면 혁수는 곧장 실습장에 가는 일이 잦았다. 실습장에서 혁수는 그러리라고 상상조차도 할 수 없는 잔인한 행동을 하고 있었다.

메스를 들고 아직 덜 사육된 생쥐의 목을 서슴없이 갈라서 에테르 속에다 집어넣었다. 그리고 에테르 속에서 바둥대는 생쥐를 쳐다보며 자지러질 듯한 기침을 해댔다.

혁수의 행동은 분명 모든 것을 체념한 죽음의 잠보다 더 깊어, 피를 말리는 백혈병 환자처럼 나를 초조하게 하였다.

난 혁수를 향해 소리를 버럭버럭 질렀다. 마치 결혼해서 두고두고 살고 싶은 색깔 낀 욕망을 드러내는 늑대처럼 소리를 질렀다.

그러나 혁수의 무감각하고 난폭한 행동은 쉽사리 끝나주지 않았다.

"삶을 다시 시작하는거야."

"삶? 삶? 흥, 어떤 삶?"

실습장에서 생쥐의 목을 갈라 짓이겨놓고 있는 혁수를 붙들고 다그쳤을 때, 이미 혁수의 얼굴은 죽음의 끝에 서 있는 사람처럼 표백되어 있어, 데드마스크의 형상을 떠놓은 것 같았다.

"내 이름이 특이하다고 생각하지 않아요?"

"그래, 처음에는 그랬어. 누가 지어준 이름인지 모르지만 혁수에게 어울리는 이름이야."

"어울린다구요! 어울릴 수도 있겠군요. …을씨년스럽다는 감정은 못 느껴요?"

눈물이 가득 고인 혁수의 두 눈이 초점을 잃은 채 창 밖을 내다보고 있었다.

갑자기 을씨년스럽지 않느냐에 꼬리를 물고 쏟아져 나올 혁수의 뒷말이 두려워져 담배를 꺼내어 불을 당겼다. 매캐한 담배연기가 썰렁한 공간으로 흩어지자 혁수가 기침을 하였다.

바람이 불어 창문이 덜컹거렸다.

"아버지 이름이 혁수였나봐요."

난 애꿎은 손마디를 후두둑 꺾었다.

혁수가 또 한 차례 잔 기침을 길게 내뱉어 놓았다.

"그녀가 붙여 놓은 신문지 조각을 보고 알았어요. 그녀의 사진이랑 아버지 이름이 대문짝만하게 실려 있더군요.

아버지도 간질 환자였는데 불에 타 죽었나봐요. 그녀는 발작을 일으켜 불 위에서 오그라들고 있는 아버지를 쳐다보며 이 세상에서 없어져 주기를 빌었대요. 한 집에서 두 사람이 그러는 것보다 낫다는 생각이 들었나봐요. 결국 그녀는 살인 방조죄로 형을 살아야 했고, 난 교도소에서 태어났어요.

그녀는 아버지가 남기고 간 유산으로 생활해 오면서도

늘 죄의식에 사로잡혀 괴로웠던 모양이예요. 그래서 그녀와 나를 길러준, 갈 데도 없는 천안댁을 쫓아 내었어요.

그 당시 신문에 실린 그녀에 대한 기사는 모조리 오려서 노트에다 붙여 놓았더군요. 기자들이란 참 이상한 치들인가보죠.

한결같인 그녀를 잔인한 여자로 만들어 놓고 있더군요. 몇 사람의 시민들 발언도 실려 있었는데, 기자와 하등 다를 게 없었어요. 모두들 그녀의 행동이 생각조차 할 수 없는 짐승같은 행위였다는군요. 몇 년이 지난 후에 주간지에 또 그녀의 얘기가 실렸어요. 어떤 여자가 병원에 입원한 남편을, 보험금이 탐이 나서 독살한 얘기를 다루면서 기억력이 탁월한 기자가 다시 그녀의 이야기를 상세하게 기술해 놓았어요. 참 우습고 재미있는 얘기지요?"

혁수가 마른 기침을 해대며 또 한 마리의 생쥐를 끄집어 내어 목을 가르고 있었다. 생쥐의 피가 튀어 군데 군데 얼룩이 진 혁수의 가운은 마치 혁수가 살아 온 지난 날을 대변해 주는 듯했다.

"그녀는 나에게 아버지의 형상을 씌워 놓으려 했어요. 일종의 자학증이었지요. 아버지 성함을 나에게 붙여 놓은 것부터가 그러했지만, 나도 곧 아버지처럼 그러리라는 기대와 공포 속에서 살아왔나봐요. 그러나 어이없게도 나의 지나친 건강은 그녀의 기대를 무너뜨렸고, 그녀는 불어나는 공포감에 짓눌려 버렸던 거예요. …때리고, 던지고, 깨물고, 그리고 불을 지른 것은 나의 지나친 건강에 대한 복수였어요."

"그럴리야…"

"이제와서 내 말에 부정은 하지 말아요. 부정한다고 내가 혁수가 아닐 수는 없잖아요. 그러니 무조건 그렇다고만 해주세요!"

에테르병에다 목이 잘려나간 생쥐를 빠뜨리며, 혁수는 소리를 바락 질렀다. 숨이 덜 떨어진 생쥐가 에테르 속에서 파닥거렸다. 혁수가 메스로 파닥거리는 생쥐를 짓이겼다. 생쥐는 맥없이 병 바닥으로 가라앉았다.

뜨겁고 타는 듯한 얼얼한 아픔이 느껴졌다. 그것은 불에다 집어넣어 놓은 가랑잎처럼, 나의 가슴을 천천히 오그라들게 하였다.

혁수를 데리고 실습장을 나왔다.

"머리가 어지러운 게 자꾸만 울고 싶어져요. 그녀가 살아있을 때는 눈물이라는 걸 몰랐는데….
눈물을 보이면 그때는 그녀의 매에 맞아 죽는 걸로만 알았어요. 누구도 말려주는 사람이 없었거든요. 목구멍으로 눈물을 삼키며 무얼 생각했는 줄 아세요? 우습게도 난 살아야겠다고 다짐했던 거예요. 오래도록 살아 남아서 그녀가 없는 세상에서 하루 쯤 살고 싶었던 거예요. 후후…"
눈물 배인 웃음소리는 허공에 뜬 낙엽처럼 공허하였다.
작지 않은 키임에도 불구하고, 입김에도 날아갈 것 같이 왜소하게 보였다.
혁수를 품 안으로 끌어당겨 꼭 껴안았다. 열 기운 탓인지 혁수의 몸은 따뜻했다.
"내일은 꼭 원동에 데려다 주세요."
내 품안에서 혁수는 한숨처럼 이야기하였다. 혁수의 눈물이 축축하게 배어 나왔다. 감기가 이제 그만하였으면 좋겠다는 생각이 들었다.
"다음에 가도록 하지, 열이 내리거든."
혁수가 고개를 저었다.
겨울이 오기 전에 서둘러 다녀와야지 그렇지 않으면 강

을 건너가기가 힘들 거라고 했다.

혁수의 말소리가 힘에 겨운 듯 하였으므로 난 원동에 데려다 주겠다고 약속을 했다.

그러나 다음 날 혁수는 학교에 오지 않았고, 그 다음 날 응급실에 누운 혁수를 보았던 것이다.

역 구내 방송이 들리고 열차가 홈 안으로 들어왔다.

'우리는 스스로 선택한 사랑의 대상에 대해 참된 복종의 자유를 수호해야 될 것이다.'

이제 나에게는 예정된 혁수의 침묵이 안겨다 주는 복종과 겸허 뿐이다.

혁수에게는 자신이 즐겨 외웠던 히포크라테스 흉상의 글귀처럼 나에게 최후의 신뢰를 가지고 자신의 가장 처절한 고통의 소리가 들리기를 빌거나, 자신의 진한 염원이 이루어지기를 바라는 일만이 남아있을 뿐이다.

그래서 나는 현재의 과거로 살아갈 것이고, 혁수는 내 환상 속의 모습대로 나의 과거 속에 앙금처럼 남아있게 될 것이다.

설령, 열차가 닿기도 전에 혁수가 내 곁을 떠나, 나에게 복종을 수호할 자유마저 빼앗아가 버린다 하더라도 혁수의 육체를 일광에 쬘 수 있는 쾌청에 대한 아름다운 풍경화를 그릴 수 있다면, 나는 내일을 무엇 무엇이라 명명하지 않겠다.

바람 부는 들길을 돌아 기차는 달리고 있었다.

〈끝〉

제5회 여성中央 2백만원고료 여류 중편소설공모 단선작

귀착지

歸 着 地

『여성중앙』에 연재된 중편 〈귀착지〉 표지

심사경위

지난 11월 10일자로 마감한 '제 5회 여성 中央2백만원 고료 여류중편소설 모집'에 응모한 작품수는 총 63편. 이 중에는 미국, 캐나다, 호주 등 국외의 교민들로부터 정성껏 포장되어 도착한 응모작들이 눈길을 끌었고, 본지의 문예 행사에 나라 밖의 관심도가 높아가고 있음을 실증케 했다.

응모작은 본 지가 위촉한 김원우 강유일 심사위원이 나누어 예심한 결과 각각 3편씩 총 6편의 예심 통과작을 내었고, 이 6편을 다시 박완서 김용서 두 분께 본심의뢰하였다. 두 분께서 바꿔가며 심사한 결과를 가지고 지난 12월 10일 본사회의실에서 최종 합평회를 가졌다.

본심에 올려진 작품은 『창틀에 박힌 판화』, 『꽃불』, 『목각인형』, 『만가』, 『허물어진 城』, 『귀착지』였으며, 이를 두고 장시간 논의를 거친 끝에 이승실씨의 『귀착지』가 당선작으로 결정되었다. 본 지의 여류중편소설모집에 응모해주신 여러분께 감사드리며, 비록 오늘의 영광을 누리지 못했지만 다음 기회에는 꼭 당선의 기쁨을 함께 하기를 기원한다.

최종 심사평

박완서, 김용성

본심에 넘어 온 작품은 『창틀에 박힌 판화』, 『꽃불』(김현실 作), 『목각인형』, 『만가』, 『허물어진 성』, 『귀착지』등 모두 6편이었다.

『창틀에 박힌 판화』는 교사들의 교권에 대한 암투와 비리를 폭로한다는 의도는 좋았으나 대화가 너무 원색적이고 표피적이었으며 짜임새가 산만하여 소설로서 형상화되지 못했고, '꽃불'은 이상적인 삶을 갈구하는 젊은이들의 이야기라는 점에서 호감이 갔으나 각 인물의 개성이 뚜렷하지 못하고 의미없는 대화의 남발로 서사성을 약화시켰다. 담담하게 무리 없는 필체로 이끌어간 『목각인형』은 서자를 족보에 올리는 일을 추진하는 과정과 부권을 부정하며 결혼 상대를 고른 딸에 대한 노여움의 과정이라는 두 이야기가 복합적으로 구성되어 있으나 사건을 꾸미는 기술의 부족으로 독자에게 주는 감동이 결여되었다. 『만가』의 작자는 소설을 여러 편 써본 솜씨로 문장을 구사하는 능력을 제대로 갖추고 있었다. 결말의 처리도 미래지향

적이어서 좋았으나 등장인물의 다양한 시점구사가 양의 불균형을 이루어 산만한 인상을 주었다. 특히 최신애 부부의 이야기는 소설에 통일성을 부여하는데 도움이 되지 않았다. 〈그녀〉와 〈그네〉의 혼란도 지적해 둘 일이다. 『허물어진 성』은 다소 어색한 도입부(문장이나 전개 기법에 있어서)에 비해 앞으로 나아갈수록 이야기를 이끌어가는 힘이 붙어 재미있게 읽혔다.

그러나 소재가 대중취향적이며 내용이 정신적으로 승화하지 못하고 육체적으로 하강했다는 점, 우리 사회의 한 풍속도를 그림에 있어서 작자의 냉철한 비판의식이 결여되어 있다는 점이 약점으로 지적되었다.

젊은이의 사랑과 죽음을 다룬 『귀착지』는 문학이 흔히 다루는 제재를 취하고 있었지만 표피적이거나 흥미위주의 그것이 아니라 진지하게 정면 대결하고 있다는 점에서 강점을 지니고 있었다. 문장이 이따금 관념적으로 흐르는 경향이 있었음에도 불구하고 독자를 깊은 사색으로 이끌어 가는 개성도 지녔다. 죽어가는 사람 곁을 떠나왔으나 산사에서 만나는 또 하나의 죽음 때문에 결코 죽음을 떠난 것이 아니라는 구성법도 좋았다. 하지만 혁수의 부모와 산사의 남자를 모두 간질환자로 처리한 것은 그것이 어떤 의미가 있든지 단조롭다는 느낌을 주었다. 괴기취향도 지양하여야 할 문제점이었다.

후자의 3편은 나름대로의 수준을 지니고 있었고 노력에 따라 좋은 소설을 쓸 수 있는 분들의 작품들이었다. 『귀착지』를 당선작으로 결정한 것은 두 작품에 비해 월등히 뛰어난 작품이어서라기보다는 문학을 대하는 진지한 태도를 높이 샀기 때문이었다. 앞으로의 분발을 빌겠다.

고 이승실(1960.8.14~2015.1.26) 연보

· 1960. 대구에서 이달수님과 김순득여사의 2남1녀로 태어나다

· 대구여중과 대구여고를 거쳐 대구 효성여대 수학과를 졸업하다

· 대학 재학중에 학보사 기자를 거치며 문학에 뜻을 두어 1984년 제5회 여성중앙 2백만원 고료 여류 중편소설 공모전에 참가하여 〈「귀착지」-심사위원장 박완서 작가〉로 당선되어 등단하다.

· 1985년. 여성중앙 인턴기자로 일하다가 취재차 부산에서 김다정을 만나 그 이듬해 홍천강 수리재 앞 마당에서 결혼식을 올리다.

· 1987년 6월. 외아들 김예슬군이 태어나고 그해 9월 서울 인사동 경인화랑에서 아들 100일 기념 김다정의 〈수리재영가전〉을 열다.

· 1993년~1995년. 남편 김다정이 중국 베이징 중앙미대와 티베트대학으로 유학을 떠나자, 수리재를 지키며 뒷바라지를 하다.

· 2010년. 무렵부터 몸이 아파 수차례 설악 청심병원, 춘천 한림대성심병원에 입원과 퇴원을 되풀이하다.

· 2013년. 외아들 예슬군이 고려대 이공대학을 졸업하고 〈밴드전기뱀장어〉를 결성하여 음악활동을 개시하다.

· 2014년 10월. 예슬군이 역시 같은 음악을 하는 임수진양과 결혼함

에 서울 서초동 국립도서관 예식장에 참석하여 혼주석에 서서 화촉에 불을 켜다.

· 2014년 12월. 아들부부의 망원동 신혼집들이를 다녀온 뒤 제주도로 휴양 차 내려갈 준비를 하고 승용차에 짐을 싣고 홍천강 수리재를 출발하여 지리산 화개골의 지인집에 들려 일박을 하고, 그 다음 날 완도항에서 페리호를 타고 제주항으로 들어가 다음 날 서귀포 팬션에 도착하다.

· 2014년 12월 30일. 서귀포 관광을 마치고 손수 중앙시장에서 장을 보아 부군이 좋아하는 반찬을 만들어 저녁상을 마주하다.

· 2014년 12월 31일. 오후 서귀포 열린병원에서 혈액투석을 받고 나오다가 복도에서 피를 토하고 쓰러져 서귀포의료원을 거처, 눈보라를 뚫고 제주시 한라병원 응급실로 이송되었다가 다음 날 중환자실로 옮겨지다.

· 2015년 1월 26일. 오후 2시 경 중환자실에서 부군과 아들내외가 지켜보는 가운데 임종을 맞다.

· 2015년 1월 28일. 고인의 유언대로 가족과 친지들만 모여 제주 한라산 기슭 화장장에서 다비를 하다

· 2015년 1월 29일. 유골함 속에 들어, 고인의 생전의 계획이었던 제주 마라도 관광에 나서 거북이 같이 생긴 예쁜 성당에 잠시 머무르다.

· 2015년 1월 31일. 고인의 유언대로 여수 돌산도 향일암 아래 바닷가에 부군과 아들 내외에 의해 유해가 뿌려지다.

· 2015년 2월 초. 고인의 유품 중에서 「설역에서 온 편지」가 발견되어 글로벌콘텐츠 출판사의 주관하에 유고집 출간준비에 들어가다.

· 2015년 3월 15일. 고인의 49제를 아들 자택에서 모시다.

· 2015년 5월 8일. 100일 탈상(脫喪)을 맞아 서울 낙성대 호암서울대교수회관에서 고 이승실여사 유고 중편소설집 『설역(雪域)에서 온 편지』 출판기념회가 열리다.

1985.6.10. 수리재 앞마당에서의 결혼식

2015.1.27. 제주S중앙병원 5호 영안실의 영정사진

弔辭

어둠은 그렇게 내려왔다
마흔 아홉의 검붉은 비로드 터널을 드리우고
장중한 오르간을 울리며
한줄기 빛도 없이
그저 희뿌연 안개만을 흩뿌리며
하나의 세계와 또 하나의 세계로 건너는 순간은
그렇게 다가왔다

어떠한 예감도 메시지도 없는 그냥 대해 같은
흐름만이 떠가고 있다
자비란 이런 것인가?

희로애락 사라진 무념의 결 결
동행도 외로움도 이젠 없어라
바램도 두려움도 여의라
……
그녀는 그렇게 떠나갔다

남은 건 지상에 뿌려질 한줌의 추억
울음이여!
무슨 소용이랴만
종일 비만 내리네

이천십오년 일월 스무엿샛날 서귀포 성산
오조바다에서 일소 망자의 혼을 건다

2014.10.25. 서울국립도서관 아들결혼식에서의 부부

친구 이승실을 추모하며!

여고시절에 만난 너는 늘 이슬같이 맑고 깨끗한 모습이었지. 머리도 총명하고 성격도 화통하여 친구이면서 한편 선망의 대상이었지. 너는 교실에서도 늘 반짝반짝 빛이 났었어. 나는 도시 아이 같은 그런 네가 정말 좋아서 늘 같이 있고 싶었었지.

그렇게 세월은 가고, 비록 같이 대학생활은 못하고 어른이 되어 서로 결혼을 하여 멀리 떨어져 살고 있었지만, 나와 나의 가족들의 신상의 중요한 고비 때마다 현명한 충고를 해주었지. 나는 그게 늘 고마웠어.

네가 훌륭한 남편과 착한 아들을 두고 화목한 가정을 이루고 있어서 얼마나 보기 좋았는데. 그렇게 많은 세월을 같이 행복하게 살고 싶었는데, 그런데 아들 결혼식에서 초췌한 네 모습을 보고 얼마나 가슴이 아팠었는지…

왜 그토록 몸 관리를 못했는지 안타깝기는 했지만, 그래도 몸조리 잘하여 오래도록 같이 여행도 다니며 즐거운 시간도 가져 보려고 생각했었는데…그런데 그 계획들보다 너를 먼저 보내게 될 줄이야…지금도 그저 믿기지 않을 뿐이야.

훌륭하신 남편과 착하고 성실하게 성장하여 아름답고 사랑스러운 며느리를 맞아 이쁜 가정까지 꾸민 아들을 더 지켜보지 못하고 떠나야했던 네 가슴이 어떠했었을까? 생각하면 너무 가슴이 아파서 어찌할 바를 모르겠어.

이승실 영가여!

생사의 길은 다르다니, 이승을 떠나서라도, 부디 극락왕생하여 무생법인 이루기를 늘 촛불 켜놓고 향 사르며 기원할께.

나는 모르겠어. 그저 막막함 뿐이야. 너를 그렇게 보내고 나니 삶에 대해, 죽음에 대해, 더 냉철히 생각해보자고, 네 몫까지 두 몫 더 잘 열심히 살아보자고, 그저 그렇게 다짐을 해볼 뿐이야.

내 친구 승실아!

멀리서라도 슬이 아버님 여생 편안히 사시면서 훌륭한 예술활동 하실 수 있게 지켜봐주고 아들 슬이의 앞날도 잘 보살펴주기를 바래.

5월 8일 너의 100일 탈상에 맞추어 유고소설집이 나온다기에 두서없이 나의 생각 몇 자 적어 보았어.

이천십오년 삼월 십오일, 너의 49제 날에,
친구 김옥화가…

이승실 님을 추모하며…

세상의 모든 일들은 '인과 연', 즉 '因緣'따라 일어난다는 도리를 우리는 삶을 통해 깨닫습니다. 언젠가 다정 선생님을 찾아뵐까 했었는데 어느 날, 저의 거처로 오셔서 선생님과 사모님을 뵙게 된 것도, 그리고 바로 사모님의 부고를 듣게 된 것도 이 生의 인연의 도리입니다.

저의 동반자이며 도반인 소요유와 오랜 인연이시라, 올해 둘이서 수리재로 찾아뵐 예정이었는데, 지난 연말 예정도 없이, 두 분이 홍천강에서 지리산의 우거에까지 오셨습니다. 작년에 저의 집 당호를 '茶泉齋'라 지어주셨고, 또 붓글씨까지 직접 써주신다고 하셨는데, 글씨가 늦어져서 미안하다고 제주 가는 길에 우정 들렀다고 하셨습니다. 당시 사모님은 오랜 투병생활로 쇠약해진 모습이지만, 그날은 여느 때보다 좋은 기력이셨습니다.

늘 소풍 다니듯 여행하며 사는 동반자를 사모님은 '소풍'이라 부르셨습니다. 그 날도 "소풍선생 밥 사주러 오셨다 하셨다"했는데 사모님도 저도 초면이었지만 반가움으로 감사함으로 뵈었습니다. 소풍에게 동반자가 있는 것을 무척 기뻐하셨습니다. 그리고 산채나물로 차려진 밥상을 받으시고 맛있다고 하시고, 이야기도 많이 나누셨습니다. 그렇게 하루를 머무시다 다음 날 아침 지리산을 떠나 완도항에서 카페리를 타고 제주로 향하셨습니다.

그런데 처음 뵙고 함께 한, 한 끼의 식사대접이 세상의 마지막 자리가 될 줄 누가 알았습니까? 1월 초 제주에서 다시 뵈었을 때 너무도 힘든 모습으로 중환자실에 누워 계시더니 지난 1월 26일, 제가 세상에 태어난 날 사모님은 세상을 떠나셨습니다.

2015.1.20. 제주 한라병원 중환자실 수선화 선물

중환자실에서 사모님은 힘들게 알아듣지 못할 말씀을 하셨는데 저의 손바닥에 글씨를 쓰시며 여기 있어 달라 하셨습니다. 아마도 옆에서 병간호 하시는 선생님이 걱정되어 그러신 것 같습니다. 저의 생에 있어서도 사모님을 꼭 뵈어야 했나 봅니다. 중환자실에서 어렵게 말씀을 전하시고 편히 잠드시는 걸 뵌 것이 마지막이 되었습니다.

생사를 보았습니다. '呼吸' 안에 '生死'가 있습니다. 세상에 울면서 태어나고 죽음의 순간에 한 숨 들이키며 이生을 떠납니다. 매 순간 호흡을 하며 생이 이어지고 매 순간 태어나고 죽고 우리가 숨 쉬고 사는 것에 이미 '죽음'이 있습니다. '죽음'을 이해하는 것은 우리 '生'을 이해하는 것입니다. 매순간 죽고 살기에 과거도 없고 미래도 없습니다.

따사로운 봄 햇살이 좋은 오늘 사모님의 '49제'입니다. '태어남'보다 더욱 중요한 것은 '죽음'입니다. 죽음에서 환생까지 중간계의 '바르도(Bardo)'를 건너고 계신 사모님 영가를 위하여 간절히 향을 올립니다.

몸을 떠난 이시여!
밝고 환한 빛 속으로 향하소서!
"옴 마니 반메 훔! 옴 마니 반메 훔! 옴 마니 반메 훔!"

2015년 3월 15일 두 손 모아 디야나 올립니다.

고 이승실의
유고집 발간에 대한 사족

여보!

이제는 정말 우리가 헤어져야만 할 시간이 되었구려.

당신이 떠난 쓸쓸하고 텅 빈 이번 겨울에 수리재 마루 한 켠에 차린 당신의 영정상(影幀床) 위에는, 제주도 한라병원 중환자 보호자실에서 동거동락하던 어느 분이 보내준- 당신이 이승에서 마지막 본 꽃인-제주산 토종 수선화가 49일 동안 텅빈 자리를 지키고 있었다는 것을 당신도 매일 보고 있었을 것이오.

그러나 요즘은 앞마당의 꽃들이 저절로 알아서 꽃을 터트리기 시작하여 겨울 동안의 그 삭막했던 분위기가 밝아지고 있다오. 당신이 제일 좋아하던 산수유는 벌써 며칠 전부터 만개를 했고 목련과 매화, 살구, 복숭아도 곧 차례차례 봉우리를 터트릴 것 같소. 자기들을 이뻐해주던 안주인 마님이 멀리 떠났어도, 무심한 그놈들은 아랑곳 않고, 자기 본분을 지키며 때맞추어 꽃을 피우는구려.

이제는 정말 유고집 발문을 빨리 써서 출판사에 넘겨야 하는데, 요즘 통 글발이 안 잡혀 마당을 서성이다가, 또 다시 당신이 어디선가 나를 부르는 것 같아 뒤돌아 봤지만 아무도 없었다오. 유난히도 겁이 많은 당신이 그 무서운 저승길을 혼자 갈 생각을 하면, 내 몸이 오그라들면서 정말 어찌할 바를 모르겠지만, 그러나 이승과 저승의 길이 다르니 내가 당신을 위해 무엇을 할 수 있겠소?

그저 지금의 이런 상황이 정말 한스러울 뿐이고 한편 어떤 때는 그렇게 혼자만 훌쩍 떠나 버린 당신이 원망스러웠소.

당신이 우리들 곁을 떠난지 벌써 49일이 지났구려. 그러니 이제는 당신도 마음 단단히 먹고 먼 길을 떠날 준비를 해야만 하오. 당신이 우리 곁을 떠난다고 해도 이승에 남아 있는 우리들은 당신을 영원히 사랑하고 또한 영원히 잊지 못할 것이오.

당신을 만나 귀밑머리를 풀고 당신과 함께 수리재에서 보낸 30년 세월 동안, 당신이 이 부덕한 남편과 외아들 슬이 그리고 우리집 수리재와 주위 사람들에게 베푼 따듯한 사랑과 헌신을 우리들이 어찌 잊을 수 있겠소마는, 그래도 이제는 우리가 정말 헤어져야만 할 때라는 것을 당신도 이미 알 것이라 믿소.

여보! 잘 가시게!

이제는 정말 자꾸 뒤돌아보지 말고 앞으로 만 그냥 가.

아마 앞 길에 오색 무지개 같은 여러 가지의 빛이 보일 테니 그 빛을 따라 가.

우리들이 함께 읽던 『티벳사자의 서』에 나오는 구절을 생각해 내고 그중 가장 밝은 빛만 따라 가.

아마도, 그곳은 어떤 육체적 아픔도 없을 것이니, 그곳에서는, 제발 부탁이니 밥도 좀 많이 먹고 그리고 모든 일을 긍정적으로 바라보고 마음 편하게 지내기 바래.

당신이 없는 이 세상이 무슨 의미가 있겠냐마는, 그래도 당신과 나의 분신인 외아들 내외가 잘 살 수 있도록 조금 더 보살펴 준 다음에 나도 곧 당신을 따라 갈 것이니 조금만 기다리고 있구려.

그래서 다시 내 손 꼭 잡고 이번 생에 못가 본 삼천대천세계를 두루 놀러 다닙시다. 알겠지?

당신이 떠나간 뒤, 나는 당신이 남긴 글들을 정리하여 당신 100일 탈상(脫喪)에 맞추어 추모 유고문집을 발간할 준비에 요즘 하루하루 눈코 뜰 새 없이 바쁘게 지내고 있소. 유고집이 무슨 의미가 있느냐고 당신은 화를 내겠지만, 그러나 정말 너무 늦었지만, 당신에게 주는 내 마지막 사랑의 정표라고 생각하고, 이번만은 그냥 내 뜻을 받아 주기 바라오.

난 그 동안 당신 유품을 정리하면서, 마치 낙서같이 여기저기 써놓은 많은 글들을 읽으면서, 내가 그 동안 당신을 너무 외롭게 만들었구나 하는 후회와 죄책감 그리고 한스러움과 그리움이 겹쳐서 몇날 며칠 지쳐 쓰러질 정도로 통곡을 했다오. 어디서 그 많은 눈물이 흘러나오는지, 아마도 구천에서 당신도 들었겠지만…

더구나 오래전 내가 티베트에서 유학생활을 할 때 보낸 편지들을 당신이 소중하게 보관해 오면서 그것을 주제로 소설을 써놓은 것을 발견하곤, 당신이 미친 듯이 보고 싶어서, 그날도 날이 밝을 때까지 피눈물을 흘렸다오. 왜냐하면 우리가 결혼할 때의 청사진은 강가의 그림같은 초가집에서 같이 농사를 지으면서 나는 그림을 그리고 당신은 글을 쓰는 것이었는데, 그런데 당신이 통 글을 쓰지 않아서, 우리 사이가 원만하지 못했고 그 일로 인해 내가 바깥으로 떠돌았었는데, 그런데 막상 당신이 써놓은 글을 보게 되니 내가 도저히 참을 수가 없었던 것이요. 그리곤 이렇게 당신이 그리울 줄 알았다면, 차라리 튼튼한 쇠사슬로 당신을 꽁꽁 묶어서라도 저승사자가 당신을 못 데려가게 할 걸…하면서 어리석고 말도 안 되는 후회도 하였다오.

참, 당신 책 제목은 〈이승실의 중편소설집 『설역(雪域)에서 온 편지』〉라고 정했소. 물론 그 책이 인쇄되어 나오는 날, 나는 그것을 받아 들고 당신 유해를 뿌린 남해바닷가로 달려가서 당신에게 제일 먼저 헌정할 것을 약속하리다.

그리고 그날 내 책도 함께 세상에 내놓을 생각이오. 춘천 성심병원 5층과 7층 입원실과 구철회내과 그리고 제주 한라병원 중환자실에서 당신을 간호하는 틈틈이 썼던 그 책 말이요.

내 책 제목은 『파미르고원의 역사와 문화 산책』이라고 정했다오. 원래 그 책 서문에 "아내의 쾌유를 빌면서…"라는 문구를 써 넣었었는데, 이제 "아내의 명복을 빌면서…"로 정정해 넣으면서 그날도 가슴이 뻥 뚫리는 허탈함에 당신 영정 앞을 서성이며 밤을 새웠다오.

출판기념회 날짜는 2015년 5월 8일 날 저녁으로 정했고, 장소는 서울 낙성대에 있는 서울대 호암교수회관 마로니에홀로 예약을 했다오. 그날은 당신이 사랑했던 이들과 지금도 당신을 사랑하고 있는 모든 이들이 함께 모인 자리에서 두 권의 책을 세상에 내놓을 생각이오.

그리고 함께 저녁식사를 하면서 당신을 그리워 하는 소박한 음악회를 열 생각이오. 그래서 당신이 좋아하던 〈춘천가는 기차〉외 몇 곡을 신청해두었고 그리고 나도 당신을 위해 〈어느 60대 노부부의 이야기〉라는 노래를 신청

할 생각이오.

물론 그날의 주인공은 소설가 이승실 여사이니, 당신도 저승사자에게 마지막으로 특별히 부탁해서 그날 그 자리에는 꼭 참석해서 같이 축하하고 또한 같이 축하 받았으면 좋겠소. 오늘은 이만 줄이리다.

2015년 3월 15일 아내의 49제날에,
아내를 병마에서 지켜주지 못한 못난 남편이
아내의 영전에 삼가 바칩니다.

1987. 수리재 이달희 기자와 함께